CRUC

Elle a tout mais elle veut toujours
un CRUC en plus !

David Walliams

CRUC

Elle a tout mais elle veut toujours un CRUC en plus !

Illustré par Tony Ross

Traduit de l'anglais (Royaume-Uni)
par Mickey Gaboriaud

Witty
Albin Michel Jeunesse

Titre original : *Fing*
Édition originale publiée au Royaume-Uni en 2019
par HarperCollins Children's Books,
une division de HarperCollins Publishers Ltd
www.harpercollins.co.uk

22, rue Huyghens, 75014 Paris
www.albin-michel.fr
Loi n° 49-956 du 16 juillet 1949 sur les publications destinées à la jeunesse
N° d'édition : 23975/01
Dépôt légal : premier semestre 2020
ISSN : 2262-4333 – ISBN : 978-2-226-45060-9

Pour Percy, Wilfred et Gilbert

REMERCIEMENTS

J'AIMERAIS REMERCIER LES MONSTRES SUIVANTS :

ANN-JANINE MURTAGH
Ma directrice

TONY ROSS
Mon illustrateur

PAUL STEVENS
Mon agent littéraire

CHARLIE REDMAYNE
PDG

ALICE BLACKER
Mon éditrice

HARRIET WILSON
Directrice d'édition

KATE BURNS
Directrice artistique

RACHEL DENWOOD
Responsable éditoriale

SAMANTHA STEWART
Directrice de la publication

VAL BRATHWAITE
Directrice de la création

DAVID MCDOUGALL
Directeur artistique

SALLY GRIFFIN
Graphiste

KATE CLARKE
Graphiste

ELORINE GRANT
Directrice artistique adjointe

MATTHEW KELLY
Graphiste

TANYA HOUGHAM
Mon éditrice audio

GERALDINE STROUD
Ma directrice RP

FAISONS TOUT D'ABORD CONNAISSANCE AVEC...

M. Goodman

Mme Goodman

Myrtille Goodman

Et un **CRUC**...

?

Voici l'histoire d'une enfant qui avait

tout,

mais en voulait toujours et **encore plus.**

Toujours un

« **CRUC** »

en plus.

PROLOGUE

Il arrive parfois que des parents absolument charmants donnent naissance à de véritables monstres.

Bienvenue chez les Goodman.

Voici le père, M. Maurice Goodman. Comme son nom l'indique, M. Goodman est un homme bon. Aussi timide que timoré, il porte des chaussettes dans ses

sandales et jamais, au grand jamais, il n'oserait manger une pêche en public. M. Goodman est bibliothécaire. Il adore les **BIBLIOTHÈQUES**, car ce sont des endroits aussi calmes et silencieux que lui. Cet homme ne ferait pas de mal à une mouche. Ni à n'importe quel autre insecte, d'ailleurs.

Voici la mère, Mme Maggie Goodman. Elle porte des lunettes munies d'une chaînette.

Elle n'a jamais été aussi gênée que le jour où tous les regards se sont braqués sur elle parce qu'elle venait d'éternuer dans le bus. Vous ne serez probablement pas surpris d'apprendre qu'elle est également bibliothécaire. En fait, Maggie a rencontré Maurice à la **BIBLIOTHÈQUE**. Leur timidité maladive était si grande qu'ils ne se sont pas parlé pendant les dix premières années. Puis un jour, au rayon Poésie, Maurice et

Maggie sont tombés amoureux. Quelques années plus tard, ils se sont mariés. Et encore quelques années plus tard, ils ont eu un bébé.

Voici leur fille, Myrtille. Vous croyez sûrement qu'il n'existe rien de plus adorable qu'un bébé. FAUX ! Dès l'instant où elle vit le jour, Myrtille fut une véritable **HORREUR**. Quoi que l'on puisse lui donner – doudous, peluches, canards en caoutchouc –, elle en exigeait toujours plus.

Son tout premier mot fut « encore », et elle le bredouilla le jour même de sa naissance. Bébé Myrtille adorait demander encore plus de lait alors qu'elle venait d'en engloutir des litres. « Encore » était un mot qu'elle répétait sans arrêt du matin au soir.

- ENCORE ! ENCORE ! ENCORE !

Gentils comme ils l'étaient, Maurice et Maggie n'osaient pas s'opposer à leur monstrueuse enfant. Bébé Myrtille voulait, bébé Myrtille avait. Ses parents lui achetaient constamment des jouets, des jouets et ENCORE des jouets, même si elle s'empressait systématiquement de les briser en mille morceaux. BLING ! CRAC ! BLOM !

- ENCORE ! ENCORE ! ENCORE !

Un peu plus tard, ils durent lui acheter des craies grasses, des craies grasses et ENCORE des craies grasses, dont elle se servait évidemment pour gribouiller sur les murs.

SCRATCH ! SCRATCH !

Avant de les briser en deux.

CLAC !

- ENCORE ! ENCORE ! ENCORE !

Tandis qu'elle ne faisait que grandir et grossir, M. et Mme Goodman lui donnaient biscuit au chocolat sur biscuit au chocolat sur biscuit au chocolat. Encore et encore et encore. Même si Myrtille prenait un malin plaisir à leur recracher les miettes en pleine figure.

SPLURTCH !

– ENCORE !

ENCORE !

ENCORE !

PREMIÈRE PARTIE

ENCORE, ENCORE, ENCORE

Chapitre 1
LES HURLEMENTS

Le temps passait, et les années s'écoulaient les unes après les autres. M. et Mme Goodman espéraient secrètement que leur fille ne faisait que « traverser une phase difficile ». Mais, hélas, Myrtille n'était jamais ressortie de cette « phase ». En réalité, son comportement n'avait fait que dégénérer*.

À son premier anniversaire, la méchanceté originelle

* *Si à ce stade-là on a le droit de dire « dégénérer »...*

de l'enfant devint purement scandaleuse. Puis vinrent la terrible étape des deux ans et la turbulente étape des trois ans. Après l'effrayante étape des quatre ans et la terrifiante étape des cinq ans arrivèrent la répugnante étape des six ans et la diabolique étape des sept ans.

Puis il y eut l'infâme étape des huit ans et la bruyante étape des neuf ans.

Vous pouvez me croire, cette année-là fut très, très bruyante. Tous les matins, Myrtille réveillait ses parents en hurlant...

– OOOUUUIIIN !

Je veux un nounours !

– OOOUUUIIIN !

Je veux un poney !

– OOOUUUIIIN !

Je veux une valise pleine de sous !

La fillette faisait un tel boucan que la petite maison de la famille Goodman en tremblait carrément.

CLAC CLAC CLAC !

Les livres tombaient des étagères.

FOUITCH ! BOUM !

Les cadres se décrochaient des murs.

PAF ! CLING !

Des bouts de plâtre pleuvaient du plafond.

PLOF, PLOF ! BOUM !

Les pauvres M. et Mme Goodman se réveillaient en sursaut.

VLAM ! VLAM !

Ils bondissaient alors sur leurs pieds et se ruaient immédiatement vers leur fille pour exécuter ses ordres. Ils accordaient tout à Myrtille. Mais même tout, ce n'était jamais, jamais suffisant.

Non, non.
La fillette voulait
toujours un
« CRUC »
en plus.

Chapitre 2

UN ABÉCÉDAIRE DES CAPRICES

Au fil des ans, tant de cadeaux de ses parents s'étaient entassés dans la chambre de Myrtille qu'il était devenu difficile d'y entrer ou d'en sortir. La fillette en demandait encore, encore et encore. Et elle en recevait encore, encore et encore.

Myrtille avait reçu au moins une chose pour chaque lettre de l'alphabet :

Animaux : une ferme jouet pouvant accueillir un élevage d'un million de fourmis.

Boomerang : un modèle qui ne revient pas. Myrtille l'avait perdu dès son premier lancer.

Clochette : la fillette l'avait accrochée autour du cou de sa mère afin de la localiser plus facilement.

Dalmatiens, dogues et compagnie : des accessoires de toilettage pour le chien qu'elle n'avait pas, n'avait jamais eu et n'aurait jamais.

Elfes et farfadets : un lutin.

Figurines : tous les rois et reines d'Angleterre de 1066 à nos jours.

Graviers : plein. La plus grande collection d'Europe.

Horreur en perspective : une trancheuse à jambon… alors qu'elle détestait le jambon !

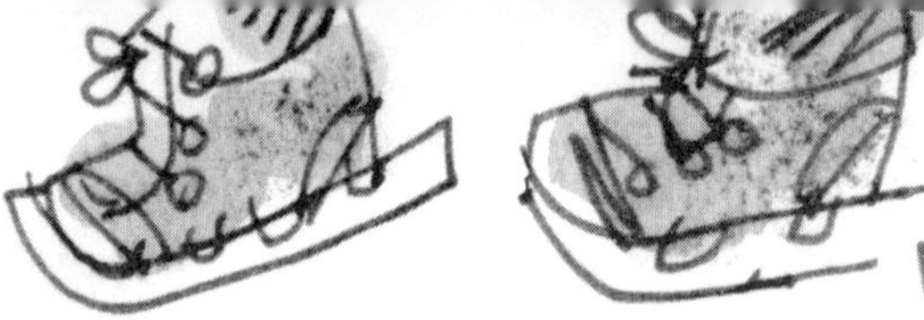

Idiotie totale ! Des patins à glace pour éléphant. Quatre.

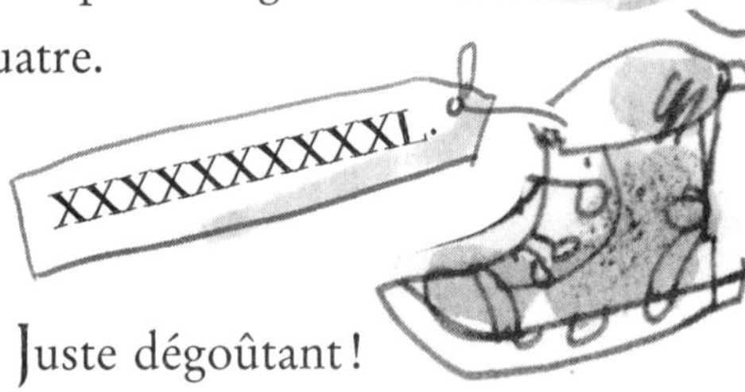

Juste dégoûtant ! Un bocal contenant un rot d'**Albert Einstein***.

Knickers avec genouillères chauffantes.

Long saucisson : bien qu'en forme de fer à cheval, il lui a plutôt porté malheur.

Manneken-Pis et une carte de la Belgique, pays où elle n'avait aucune intention d'aller, le trouvant « un peu trop belge » à son goût.

Nelson : réalisée avec des raisins secs, une réplique grandeur nature de la célèbre colonne du même nom que l'on peut contempler à Londres.

* *Acquis aux enchères pour plusieurs milliers de livres.*

Orfraie en gelée : une préparation culinaire à base de rapace broyé.

Encore plus immonde que ce que l'on imagine.

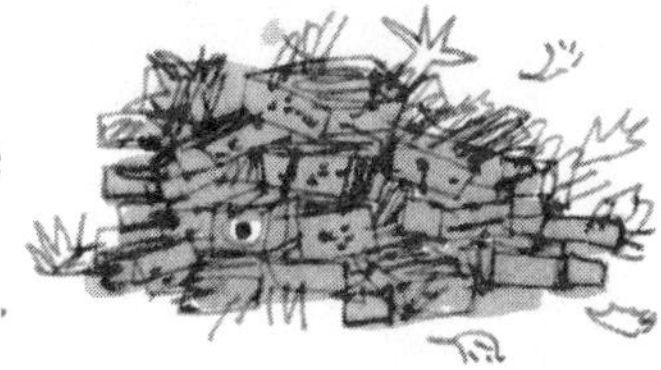

Peinture : un tableau représentant de l'air.

Pas vraiment passionnant.

Que sont-ils devenus ? Des sables mouvants dans lesquels plusieurs camarades de jeu de Myrtille ont curieusement disparu.

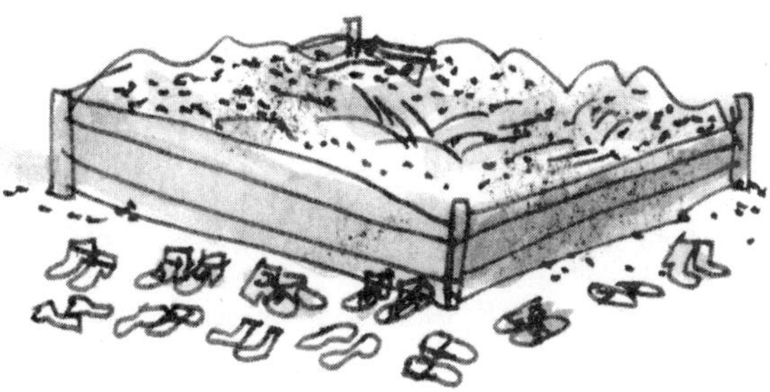

Radiocommande : une haie contrôlable à distance (pouvant se déplacer à deux kilomètres/heures).

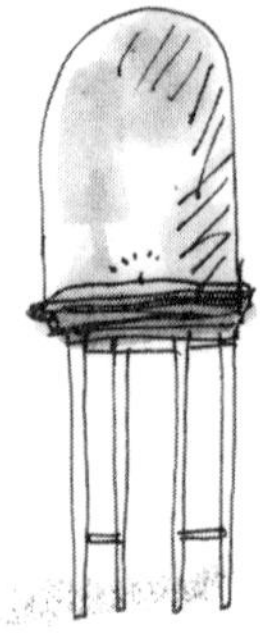

Subtile taxidermie ! Une puce empaillée, trop petite pour être visible.

Topinambour : un shampooing qui donne aux cheveux un agréable parfum de topinambour.

Unisexes et taille unique (S), des slips pour vers de terre.

Venin : celui d'une aubergine toxique. Mortel.

Wombat : centrifugeuse permettant de confectionner soi-même son bon jus de wombat bien frais.

Xylophone : juste l'étui, merci. Myrtille se fichait éperdument de l'instrument.

Yéti. Si on ne l'a pas vu dans l'Himalaya pendant des années, c'est tout simplement parce que Myrtille le retenait prisonnier dans son armoire.

Zèbre : crottin de zèbre, parce que c'était la seule chose que la lettre *z* avait inspirée à la fillette.

En revanche, Myrtille n'avait pas le moindre livre. Bien que ses parents soient bibliothécaires, elle DÉTESTAIT les livres et les trouvait ennuyeux à M-O-O-O-U-U-U-R-R-R-I-I-I-R-R-R* !

Et malgré tout ce qu'elle possédait – cet univers entier de saletés en tout genre –, la fillette voulait encore quelque chose. Mais le plus drôle, c'est qu'elle ne savait absolument pas quoi.

---

* *D'ailleurs, même si le présent ouvrage lui est entièrement consacré, Myrtille l'aurait également eu en horreur.*

Chapitre 3

LA FUREUR

Sauriez-vous deviner ce que Myrtille demanda pour son dixième anniversaire ? Si par le plus grand des hasards vous avez pensé aux cadeaux suivants...

Une paire de chaussettes explosives,

une baleine bleue en plastique grandeur nature pour

jouer dans son bain (quand on l'a mise dans la baignoire, toute l'eau est passée par-dessus),

une réplique du Taj Mahal en ballons de baudruche,

un dé-taille-crayon,

et un minuscule robot insectoïde

... alors, toutes mes félicitations. C'est un sans-faute et vous avez gagné un euro*.

M. et Mme Goodman furent obligés de donner à leur fille tout ce qu'elle avait demandé. Sans cela, elle aurait hurlé jusqu'à ce que la maison s'écroule.

– Joyeux anniversaire, bel ange ! lancèrent-ils à l'unisson.

* *Écrivez-moi pour réclamer votre prix, sans oublier d'inclure* **un milliard** d'euros *pour les frais de port.*

Encore dans son lit, Myrtille arrachait le papier cadeau puis en faisait des boules qu'elle lançait sur ses parents.

FRRR!

CHBING!

Dès qu'elle eut tout ouvert, elle s'empressa d'en demander encore. Cependant, phénomène exceptionnel, pour la première fois de sa vie, elle se trouva incapable de dire précisément ce qu'elle voulait. Elle possédait tellement de choses qu'elle n'arrivait pas à en trouver une qu'elle n'ait déjà.

– Je veux un CRUC!

annonça-t-elle au petit déjeuner.

Elle était en train d'ingurgiter un énormantesque bol de glace au chocolat, avec dix-sept copeaux de chocolat plantés dedans et un océan de coulis de chocolat par-dessus. Oui, Myrtille mangeait du chocolat au petit-déjeuner. Et à midi. Et pour le dîner. Eh! Vous lui auriez dit non, vous?

Occupés à tremper leurs mouillettes soigneusement coupées dans leurs œufs à la coque, M. et Mme Goodman échangèrent un regard inquiet. Un «**CRUC**» ?

Mais que pouvait-elle bien vouloir dire ?

– Un «**CRUC**», ma petite chérie ? demanda Maggie tout en posant son livre, *Cent Poèmes pour les dames.*

– Ouais. T'es sourde ou quoi ? Un **CRUC** !

– Et qu'est-ce donc qu'un «**CRUC**», mon cœur ? demanda Maurice tout en posant son livre, *Cent Poèmes pour les messieurs.*

– J'en sais rien, mais j'en veux un !

– Comment cela s'écrit-il ? demanda Maggie.

Le visage de Myrtille devint écarlate de fureur.

– Tu le sais crès bien ! Ça s'écrit comme ça se prononce. C ! R ! U ! C ! **CRUC** ! s'écria la fillette en tapant du poing sur la table.

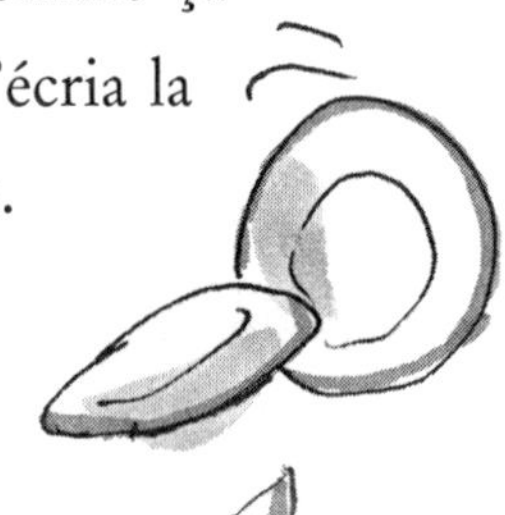

BLAM !

Tous les couverts se retrouvèrent par terre.

– Ramassez les morceaux ! ordonna la fillette. IMMÉDIATEMENT !

À genoux sous la table de la cuisine, M. Goodman murmura à sa femme :

– Qu'allons-nous faire ? Notre fille adorée veut un « **CRUC** ». Mais je pense que son « **CRUC** » n'existe pas vraiment. Je crains bien que ce « **CRUC** » ne soit qu'une invention de sa part.

– Il va pourtant bien falloir que nous **CROUVIONS** quelque chose... euh, que nous trouvions quelque chose, répondit Mme Goodman juste avant de prendre un coup de botte dans le derrière.

– AÏE !

– LA FERME, LÀ-DESSOUS ! fit une voix venue d'en haut. On ne s'entend même plus péter, là-dedans !

PPPRRRT !

– Ah, ça fait du bien !

M. et Mme Goodman étaient paniqués. S'ils ne trouvaient pas de « **CRUC** », ils allaient avoir des ENNUIS.

DE GROS

ENNUIS.

Chapitre 4

DU MIEUX DE NOTRE MIEUX

Ce matin-là, après le petit déjeuner, M. et Mme Goodman déposèrent leur fille à l'école. Et quand je dis qu'ils la « déposèrent », je veux bien dire qu'ils la « déposèrent ». En effet, tous les matins, ils devaient la porter, car elle refusait de marcher, même si l'établisse-

ment se trouvait tout près. Et la tâche n'avait rien de facile : étant donné qu'elle se nourrissait essentiellement de chocolat, elle était lourde comme une enclume*.

– POSEZ-MOI ! ordonna Myrtille à ses pauvres parents qui arrivaient enfin, les jambes en coton, devant le portail de l'école.

Quand ils l'eurent soigneusement posée à terre, Maurice lui remit son énorme boîte à déjeuner. Celle-ci contenait toujours un tel poids de victuailles qu'il fallait carrément la monter sur roulettes.

– Passe une excellente journée à l'école, mon adorable petit cœur, dit M. Goodman.

– N'OUBLIEZ PAS : À MON RETOUR, JE VEUX MON **CRUC** ! grommela la fillette avant de traverser la cour de son pas pesant, renversant plusieurs enfants plus petits qu'elle sur son passage.

WOUF ! WOUF ! WOUF !

– Mon petit ange tombé du ciel, nous te promettons d'essayer du mieux de notre mieux ! lui répondit gaiement Maggie.

---

* *Et une enclume du genre à pratiquer le sumo, en plus !*

Cela coupa l'élan de Myrtille, qui s'arrêta tout net. Elle se retourna lentement et se mit à fouiller dans sa boîte à déjeuner.

– DU MIEUX DE VOTRE MIEUX, ÇA NE SUFFIT PAS ! hurla-t-elle.

Puis elle sortit l'une de ses grandes briques de chocolat au lait et la lança sur sa mère.

W I Z Z Z !

La brique atteignit la pauvre Mme Goodman en plein visage et se vida entièrement sur sa petite robe rose à fleurs.

– Merci infiniment, dit-elle, décontenancée.

Maurice tendit à son épouse le mouchoir qu'il avait toujours dans sa poche de poitrine.

– Tiens, Maman.

La pauvre Mme Goodman avait beau frotter vigoureusement, sa petite robe rose à fleurs n'était désormais plus qu'une vague guenille marron.

– DU MIEUX DU MIEUX DE NOTRE MIEUX ! surenchérit alors Maurice.

Une nouvelle fois, Myrtille se mit à fouiller dans sa boîte à déjeuner.

– Misère, marmonna M. Goodman en fermant les yeux, convaincu que quelque chose n'allait pas tarder à voler dans sa direction.

À juste titre.

ZOUM !

Un seau de mousse au chocolat lui atterrit – BANG ! – pile sur le sommet du crâne.

– Merci infiniment ! dit-il, aussi déconcerté que son épouse avant lui.

Sans un mot, Maggie rendit son mouchoir à son mari, qui entreprit alors de se désemmousser*.

– Ne t'inquiète pas, jolie petite frimousse, répondit malhonnêtement Maurice à sa fille, dont le visage n'avait strictement rien d'une jolie petite frimousse. Nous te donnerons ton **CRUC** dès que tu seras rentrée de l'école.

– Y A INTÉRÊT ! rétorqua Myrtille. Sinon…

Ni M. Goodman ni Mme Goodman ne savaient

---

* *Malheureusement, ce genre de chose arrivait tous les matins à ces pauvres M. et Mme Goodman. À vrai dire, Maurice avait encore dans l'oreille un morceau de la forêt noire aux deux chocolats de la semaine passée, qu'il gardait pour son déjeuner.*

ce que signifiait ce « sinon » mais quelle que soit la réponse, il ne présageait rien de bon.

Drrriiiing !

La sonnerie de l'école retentit.

Dès que Myrtille repartit lourdement vers sa classe, Maurice prit la main de sa femme.

– Hou là là, que vous êtes entreprenant, monsieur Goodman, dit-elle.

– Je connais l'endroit idéal pour commencer à chercher un **CRUC**.

– Et de quel endroit s'agit-il donc ?

– De la **BIBLIOTHÈQUE**, bien sûr !

Chapitre 5

LES CACAS GÉANTS

M. et Mme Goodman dévalèrent la rue. Il fallait les voir, tous deux couverts de chocolat de la tête aux pieds. On aurait dit deux cacas géants en train de s'évader d'on ne sait où.

W O U F !

Dès qu'ils atteignirent les portes de la **BIBLIOTHÈQUE**, ils passèrent de la course à la marche rapide.

PATAP-PATAP...

BIBLIOTHÈQUE
SILENCE
CRYPTE DE LA BIBLIOTHÈQUE

Dans une **BIBLIOTHÈQUE**, il faut toujours avoir une conduite irréprochable. De surcroît quand on est bibliothécaire.

– M… m… mais par où commencer ? murmura Maurice, essoufflé, tandis que son épouse et lui arpentaient des rayonnages et des rayonnages remplis de livres du sol au plafond, laissant une dégoûtante traînée marron derrière eux. ***FLUIRK !***

– Le d… d… dictionnaire ? répondit Maggie, essoufflée aussi.

Ils parcoururent des yeux toutes les rangées de dictionnaires, jusqu'à ce qu'ils tombent sur le plus large et massif d'entre eux. Celui-ci était presque aussi lourd que leur fille*.

Mme Goodman fit tourner les pages à toute vitesse et arriva à la très, très longue liste des mots commençant par **C**, à la recherche de « **CRUC** ». Hélas, peu après, c'était un autre mot commençant par **C** qui se lisait sur son visage. Le mot « consternation ».

– « **CRUC** » n'est pas dans le dictionnaire.

– OH, BON SANG DE BOIS ! s'exclama Maurice.

– CHUT ! souffla Mme Goodman tout en montrant à son mari le panneau qu'il avait lui-même accroché et sur lequel on pouvait lire « SILENCE ».

– Désolé, articula-t-il sans bruit, avant de reprendre à mi-voix : cela ne signifie pas pour autant qu'il n'existe pas de « **CRUC** ». Cette **BIBLIOTHÈQUE** contient des

* *Presque, mais tout de même pas tout à fait. Rien n'était plus lourd que Myrtille.*

milliers et des milliers de livres. Il doit bien y en avoir un dans lequel on parle de « CRUC ».

– Mais dans quels autres livres pourrions-nous chercher, Papa ?

– Euh, réfléchissons, Maman. À quoi le mot « CRUC » te fait-il penser ?

Ils se concentrèrent tous deux intensément.

– Un légume avec une forme inconvenante ? proposa Maggie en attrapant

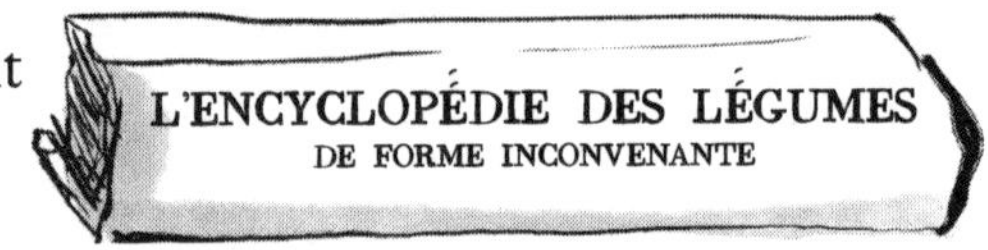

– Un jeu de société ennuyeux ? suggéra Maurice en s'emparant de

– Quelque lointaine planète ? dit Maggie en découvrant

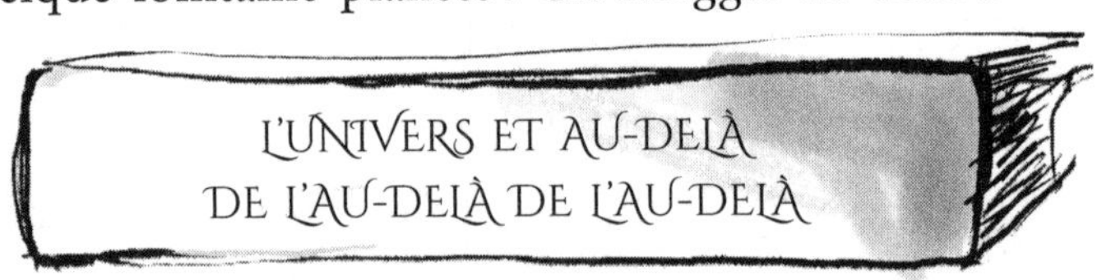

Des livres, des livres et encore d'autres livres tombèrent des étagères. Des livres sur les automobiles. Des livres sur les fleurs. Des livres sur les antiquités. Des livres sur les livres.

– Un « CRUC », ne serait-ce pas cet objet que l'on met dans le trou de sa baignoire quand on fait couler un bain ? avança Maurice.

– Ou un vêtement non identifiable que l'on retrouve dans son sèche-linge ? souffla Maggie.

Les idées se mirent alors à voler entre eux comme des balles de tennis.

– Quelque chose de gluant que l'on a dans sa narine mais qui n'est pas une crotte de nez ?

– Une tache mystérieuse ?

– La partie du corps qui pendouille chez les méduses ?

– Un gadget que l'on reçoit à Noël mais dont on ne comprend pas la fonction ?

– Quelque chose que l'on trouve collé sur un chien ?

– Le petit machin qui sort du nombril et ressemble à l'embout d'un ballon de baudruche ?

– Les mimis que l'on a entre les orteils ?

– Le contraire d'un « CREC » ? s'exclama Mme Goodman.

– Mais qu'est-ce donc qu'un « CREC » ? l'interrogea M. Goodman.

– Je ne sais pas, admit-elle, abattue.

Des heures après, les deux parents épuisés avaient fait le tour d'absolument tous les livres de la **BIBLIOTHÈQUE***.

Juste au moment où ils allaient s'avouer vaincus et commencer à se préparer à affronter la fureur de leur fille, Mme Goodman eut une inspiration.

– Il reste un endroit où nous n'avons pas regardé, dit-elle.

– Où ça ? Où ça ? Où ça ? demanda son mari, impatient.

– La crypte de la **BIBLIOTHÈQUE**. Là où sont stockés tous les ouvrages anciens. Nous y découvrirons peut-être quelque chose.

M. Goodman déglutit.

– Mais, madame Goodman, il est strictement interdit aux bibliothécaires de descendre dans cette crypte.

---

* *Y compris les miens. En fait, ils auraient dû regarder dans celui-ci, mais, bien entendu, il n'avait pas encore été écrit.*

C'est **interdit** à tout le monde.
Personne n'est descendu ici
depuis des siècles…

Chapitre 6

DE DEUX MAUX...

– Bon, tant pis, déclara M. Goodman. Nous ne pouvons pas descendre dans la crypte et puis c'est tout.

Mais Mme Goodman n'allait pas se laisser dissuader si facilement.

– Et notre fille adorée, alors ? Si nous ne lui trouvons pas son **CRUC**, il va y avoir des larmes avant l'heure du coucher.

– Ça, c'est sûr…

À cette idée, Maurice devint pâle comme un linge. Ses yeux se révulsèrent et il se mit à vaciller sur ses jambes.

– Tout va bien, monsieur Goodman ?

Celui-ci s'évanouit avant même d'avoir pu répondre. Mme Goodman essaya bien de le rattraper, mais ils basculèrent tous deux en arrière et se retrouvèrent par terre.

BOUM !

– HOUMPF ! fit Maggie quand son mari s'effondra sur elle.

Un vieil homme les enjamba pour prendre un livre de jardinage. Ils levèrent les yeux vers lui et lui adressèrent un sourire poli.

– Bonjour, dirent-ils.

– Ça va, en dessous, madame Goodman ?

– Oui. Et toi, ça va ?

– Moi ?

– Oui. Tu as perdu connaissance.

– Ah bon ?

– Oui.

– Ouh là.

– Ouh là, en effet.

– Je vais t'aider à te relever.

– Non, c'est moi qui vais t'aider.

Cela dura un certain temps, mais ils finirent par se retrouver tous deux debout. Maintenant, il leur restait à choisir entre deux maux. Soit ils descendaient dans l'effrayante crypte de la **BIBLIOTHÈQUE**, soit ils affrontaient la fureur de leur fille.

Le moindre d'entre eux semblait être la crypte.

– Je ne pense pas que nous ayons le choix, dit Maurice.

– Alors, suis-moi, répondit Maggie.

Mme Goodman guida son mari vers une vieille porte délabrée, dans un recoin isolé de la **BIBLIOTHÈQUE**. Des toiles d'araignée couvraient ses fissures et elle était surplombée d'un panneau « **ENTRÉE INTERDITE** ».

– Il va faire noir dans la crypte ? demanda M. Goodman d'une voix chevrotante.

– Ah, oui, lui annonça son épouse. Un noir d'encre. Pour protéger les vieux ouvrages.

– Bon, les dames d'abord...

– Moi d'abord ? s'étrangla Mme Goodman.

Ils avaient tous deux peur de l'obscurité.

– J'insiste.

– Non, c'est moi qui insiste.

– Je suis un gentleman. Je laisse toujours passer les dames devant.

– Non, non, non. Tout cela est très démodé, de nos jours, monsieur Goodman. Allez, passe devant.

– Non, toi.

– Toi.

– TOI !

La situation était quelque peu coincée.

– J'ai trouvé ! annonça Maggie. Nous allons avancer ensemble.

– Bonne idée, approuva Maurice.

Ce dernier prit la vieille clé rouillée qui était accrochée au cadre de la porte. Puis, après avoir vérifié que personne ne les observait, il la tourna dans la serrure.

CLIC.

CRIIIIII !

Il chercha à tâtons la main de sa femme et ils descendirent l'escalier ensemble.

– Cela ne se passe pas trop mal, si ? demanda Mme Goodman.

– N… *n*… n… non,

bégaya M. Goodman.

Chapitre 7

DE DRÔLES DE LIVRES

À son plus grand soulagement, arrivé à la moitié de l'escalier, M. Goodman trouva une bougie et une vieille boîte d'allumettes. N'arrivant plus à contrôler les tremblements de ses mains, il remit le tout à sa femme, qui craqua une allumette et alluma la bougie.

SCRATCH !

La flamme vacillante fit apparaître des étagères et des étagères de vieux ouvrages reliés de cuir. La crypte de la **BIBLIOTHÈQUE** était une véritable mine d'or de titres désuets, obscurs et bizarres. Il s'y trouvait des milliers de livres, tous épuisés depuis longtemps.

LES FROMAGES TOXIQUES
DES ÎLES BRITANNIQUES
Contes terrifiants pour les tout-petits
L'INTÉGRALE
DES TORTURES MÉDIÉVALES
CANTIQUES INAUDIBLES
PEINDRE LES FLAQUES D'EAU
ODES AUX ORTIES
MUCUS : le guide illustré
CHANTS DE NOËL POUR CHATS
COMMENT NOYER UNE SORCIÈRE EN CINQ ÉTAPES FACILES
Le dictionnaire des mots qui n'existent pas

LE VIEUX GRYMOYRE DES PLAYSANTERIES DE TOTO
CUISINER LES ŒUFS D'OISEAUX RARES
LES PIRES SENTEURS DU LONDRES VICTORIEN (AVEC PASTILLES ODORANTES À GRATTER)
LES MALADIES DÉGOÛTANTES DES CHIENS
LES RECETTES DE GÂTEAUX DES MARTYRS RELIGIEUX EN LATIN
DIX MILLE POÈMES SOPORIFIQUES
LE LIVRE DE LA CRASSE
UNE BRÈVE HISTOIRE DE LA CHAUSSETTE
HISTOIRE DÉTAILLÉE DE LA CHAUSSETTE
BARBES BIBLIQUES : LE GUIDE DU PASSIONNÉ
Les pots de chambre des gens Riches et Célèbres

M. et Mme Goodman étudièrent un à un tous les livres présents sur les rayonnages. Avec une malheureuse bougie pour seul éclairage, ils examinèrent des millions et des millions de mots en quête de la moindre allusion au « **CRUC** ». Juste au moment où ils allaient perdre espoir, M. Goodman eut l'impression d'avoir vu quelque chose bouger.

– Qu'est-ce que c'était que ça ? murmura-t-il.

– Qu'est-ce que c'était que quoi ? répondit sa femme.

– Quelque chose a bougé.

– C'était peut-être un rat. J'ai horreur des rats.

Avec la bougie, Mme Goodman éclaira un recoin miteux de la crypte. Effectivement, sous une pile de vieux journaux, quelque chose s'agitait.

FLITCH ! FLITCH ! FLITCH !

Maggie poussa son époux dans cette direction.

– Va voir !

– J'y vais ! J'y vais !

– Soulève les journaux et regarde ! insista Mme Goodman.

– Je n'en ferai rien, après toi.

– Au nom du ciel ! Ça ne va pas recommencer !

À contrecœur, M. Goodman souleva les vieilles feuilles de papier humide, et ce qu'il découvrit dessous l'étonna énormément.

– **C'est un livre !** s'exclama-t-il.

– Les livres ne bougent pas, lui rappela Maggie.

– Celui-ci a bougé.

– Comment s'appelle-t-il ?

M. Goodman se pencha pour mieux voir la couverture de l'ouvrage.

Le titre le fit **frissonner** des pieds à la tête.

– Il s'intitule
LE GRAND LIVRE
DES
MONSTRES.

DEUXIÈME PARTIE

LE GRAND LIVRE DES MONSTRES

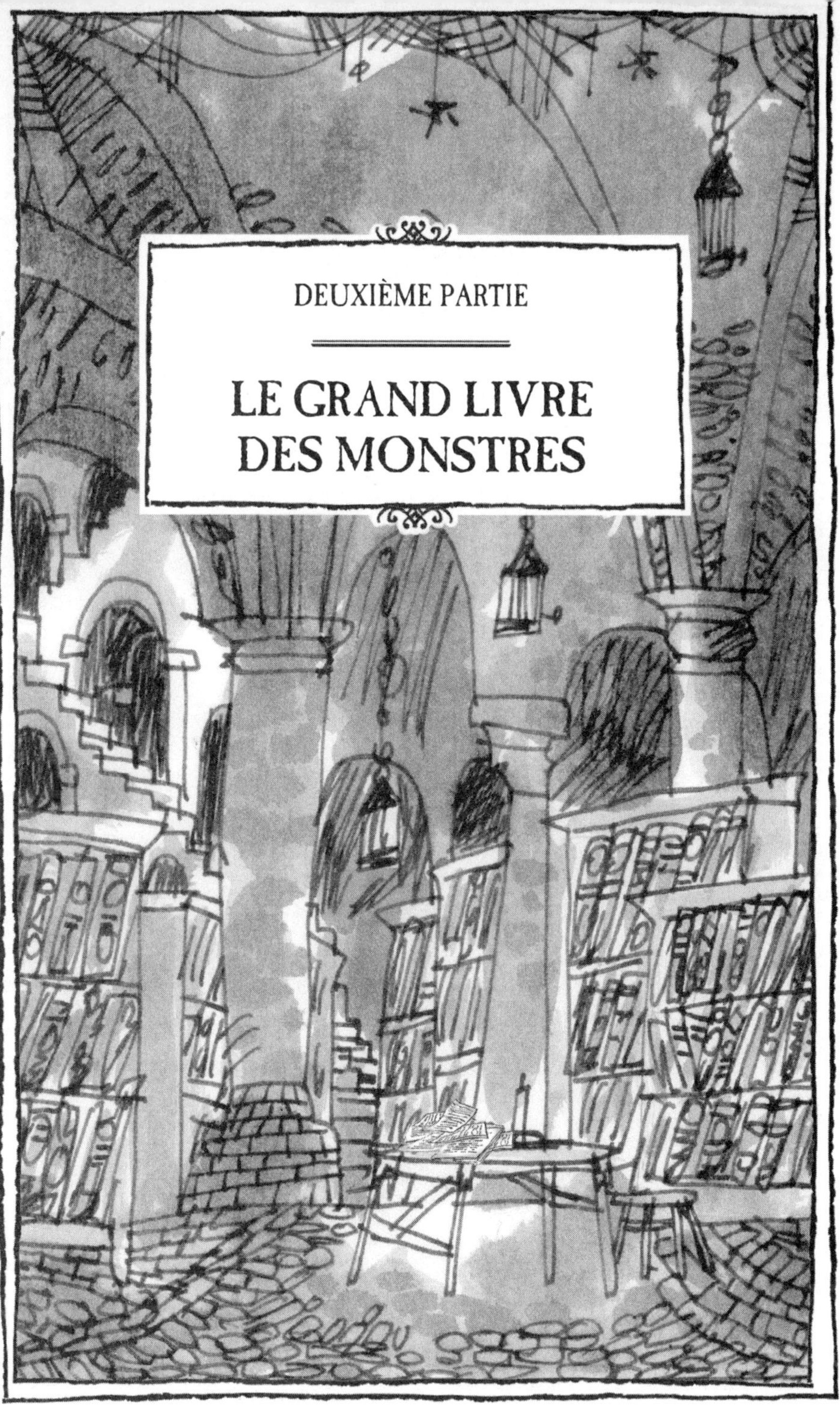

Chapitre 8

UN BESTIAIRE DE MONSTRES

M. et Mme Goodman posèrent le livre sur une vieille table bancale.

POF !

LE GRAND LIVRE DES MONSTRES était un énorme volume relié de cuir qui avait dû être imprimé au moins

plusieurs siècles auparavant. Comme l'indiquait son titre, il s'agissait d'un bestiaire de monstres. Mme Goodman épousseta sa couverture et l'ouvrit.

Ce livre contenait-il un indice quant à l'éventuelle existence d'un « CRUC » ?

C'était le dernier espoir des Goodman.

De toute évidence, cet ouvrage était absolument unique en son genre. On pouvait y découvrir les descriptions d'un vaste éventail de créatures terrifiantes – depuis longtemps éteintes ou que l'on pensait imaginaires –, accompagnées de somptueuses illustrations sur la page opposée. Les Goodman n'avaient jamais vu ou entendu parler d'aucun de ces monstres.

Le premier était un GADONGADONG :

Oiseau qui vit sous terre et se nourrit de chair humaine.

À la page suivante, on découvrait le **VOUVOU**:
Limace géante laissant une substance empoisonnée dans son sillage.

Puis venait le **HALCRAPONE**:
Reptile d'une laideur à vous tuer rien qu'à sa simple vue.

Ensuite, il y avait le **WOUMBIDOUM**:
Mélange de méduse et de phacochère.

ÉBINKIBOÏNK:
Singe amphibie
ne vivant
qu'au plus profond
des océans.

M. et Mme Goodman continuaient de prier le ciel de trouver ce qu'ils cherchaient.

– «CRUC»! s'exclama alors Maggie.

– OUI!

– Nous avons réussi!

– Je pourrais t'embrasser, tiens! lança Maurice.

– N'en fais rien, je t'en prie. Pas au travail, mon cher et tendre. Le règlement de la **BIBLIOTHÈQUE** est très strict en matière de mamours pendant les heures de service.

– Ah oui, c'est vrai. Suis-je bête! Voudrais-tu bien lire ce qui est écrit?

Mme Goodman s'éclaircit la gorge et commença:

CRUC :

MAMMIFÈRE

Rarissime parmi les plus rares, cette bête ne se trouve que dans la plus profonde, la plus sombre et la plus junglesque de toutes les jungles.

Le cruc se présente sous la forme d'une boule couverte de poils. Sa taille peut énormément varier. Il peut être aussi petit qu'une bille à un moment donné et devenir aussi gros qu'une montgolfière l'instant d'après. Le cruc a un gros œil en son milieu, ainsi qu'un trou de chaque côté. L'un de ces orifices est sa bouche, l'autre est (à défaut d'une formule plus élégante) son derrière. Hélas, nul ne sait vraiment lequel est lequel, pas même le **CRUC** lui-même – que l'on a déjà surpris en train de tenter de s'alimenter par la mauvaise ouverture. N'ayant ni bras ni jambes, le cruc se déplace en roulant ou en rebondissant. Assez étonnamment, son aliment préféré est le biscuit à la crème au beurre.

Il peut en ingurgiter une centaine en quelques secondes seulement. Cependant, il est capable de manger un peu tout et n'importe quoi. Le cruc laisse derrière lui des excréments malodorants qui peuvent être aussi gros, voire plus gros, que son corps tout entier.

AVERTISSEMENT !
N'ACCUEILLEZ SURTOUT PAS DE CRUC CHEZ VOUS. C'EST LE PIRE ANIMAL DOMESTIQUE DU MONDE.

Le cruc est vorace, très irritable et parfois extrêmement malpoli. Du fait qu'il peut prendre des proportions spectaculaires, il est non seulement capable de dévorer tout ce qui se trouve chez vous, mais également votre maison elle-même. Pire encore, il n'éprouvera aucune difficulté à vous faire subir le même sort.

DESTIN TRAGIQUE GARANTI.

Après avoir lu ces mots, M. et Mme Goodman se penchèrent sur l'illustration. Le **CRUC** avait vraiment une apparence particulière. L'image correspondait exactement à la description : une boule de poils marron dotée d'un œil situé entre deux trous foncés.

– Nom d'un chien, fit Maurice.

– Nom d'un chien, en effet, approuva Maggie avant de refermer l'ouvrage. Eh bien, voilà, l'affaire est réglée. Notre adorable fille ne peut absolument pas avoir de **CRUC**.

– La pauvre. Elle va être tellement déçue.

– Je sais. D'ailleurs, je crois qu'il vaut mieux que ce soit toi qui lui annonces la mauvaise nouvelle.

– Moi ?

– Eh oui, monsieur Goodman ! C'est ton tour.

– Non, non, non. Je suis catégorique, c'est ton tour.

– Bon, faisons-le ensemble, alors, proposa Mme Goodman.

– Super idée !

– Merci.

– De rien, vas-y en premier.

Chapitre 9

CROTTES DE LAPIN

Ainsi, le cœur lourd, M. et Mme Goodman ramenèrent leur fille de l'école. Là encore, il serait plus juste de dire qu'ils la rapportèrent, littéralement, et même, plus précisément, qu'ils la transportèrent. En fait, ils la portèrent jusqu'à chez eux puis la déposèrent aussi délicatement que possible sur le canapé.

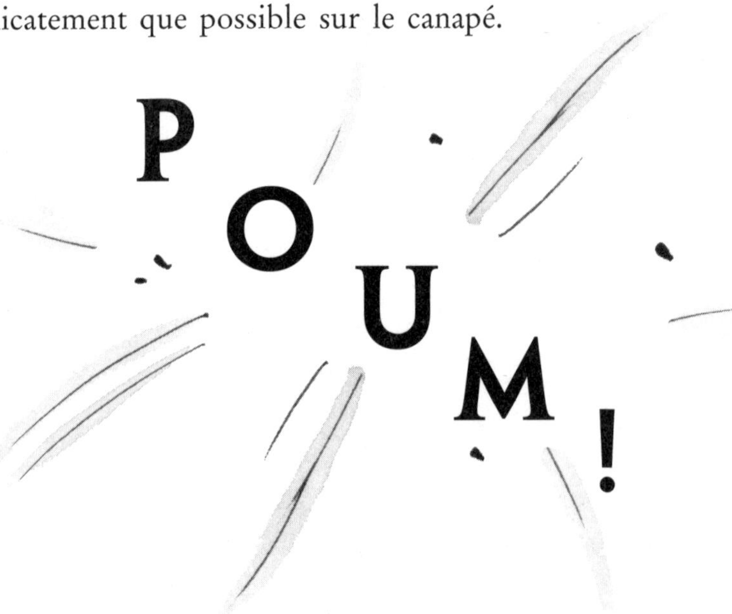

Ils essayaient de cacher combien ils redoutaient le moment où ils devraient lui annoncer la nouvelle, mais cela se voyait sur leurs visages.

– Tu as peut-être envie de jouer à un jeu, ma Myrtille adorée, proposa Maurice. Ou de faire un puzzle ? Ou de regarder la télé ?

Diversion. Diversion. Diversion.

– **DESSINS ANIMÉS !** ordonna Myrtille.

– Tiens, voici la télécommande ! dit Maggie en lui tendant l'objet couvert de taches de chocolat.

– Appuie sur le bouton toi-même, espèce de feignasse !

Mme Goodman obéit et un **DESSIN ANIMÉ** apparut sur l'écran. Évidemment, Myrtille préférait les plus violents, ceux où des animaux se prenaient des murs, tombaient dans des ravins ou se faisaient dynamiter. Ses **DESSINS ANIMÉS** favoris étaient :

Amibozilla :
LES AVENTURES DE L AMIBE GÉANTE
HIPPOPOTA-MORVE
BRUTOS LE GORILLE
GROS PIPI OUISTITI
ÉCRASE LE CAFARD

Profitant que Myrtille soit momentanément distraite par un lapin dessiné se faisant aplatir par un rouleau compresseur, M. Goodman hocha la tête en regardant son épouse. C'était le signal convenu. Mme Goodman fonça vers la cuisine. Ils avaient un plan secret. Ils espéraient que la plus grosse part de gâteau au chocolat de tous les temps atténuerait un peu la colère de leur fille au moment où elle comprendrait qu'elle ne pouvait pas avoir de **CRUC**.

Le **DESSIN ANIMÉ** finit, et quand la musique du générique retentit, Myrtille se souvint de ce qu'elle avait oublié.

– Où est mon **CRUC** ? vociféra-t-elle.

– Gâteau !

Gâteau !

Gâteau !

s'affola Maurice.

– J'arrive tout de suite, Papa ! répondit Maggie en entrant d'un pas mal assuré dans le salon avec une part de gâteau de la taille d'un cabanon. Voilà pour toi, mon ange.

Puis elle posa l'objet sur la table basse.

POF !

– Tu n'en as pas une part **plus grosse** ? demanda la fillette.

– Hélas non, répondit Maggie. Cette part est déjà plus grosse que le gâteau dont elle provient.

Il va de soi que cela ne pouvait pas être rigoureusement exact, mais cela suffit à convaincre Myrtille.

– Ce gâteau a l'air délicieux, ma toute belle, l'encouragea Maurice. Fais-toi donc plaisir !

Pas vraiment habituée à s'embarrasser de couverts, Myrtille se pencha en avant et plongea son visage dans le gâteau comme l'aurait fait un porc devant son auge.

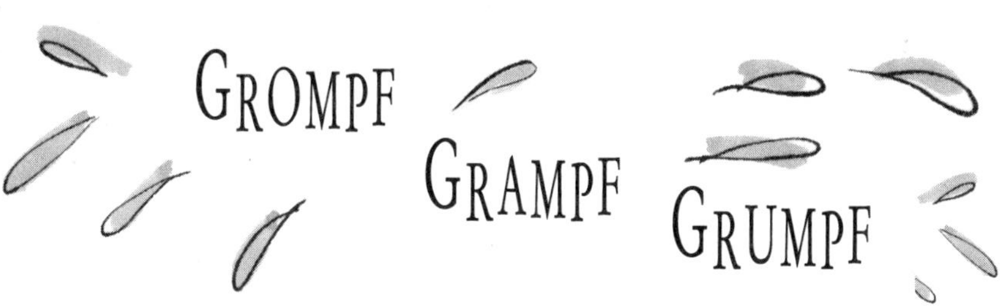

Maurice et Maggie soupirèrent de soulagement. Hélas pour eux, ce moment de répit fut de courte durée. Il ne fallut qu'un instant à la fillette pour engloutir l'immense part de gâteau. Elle releva la tête, le visage couvert de coulis de chocolat.

– Je veux mon **CRUC** ! répéta-t-elle en postillonnant de grosses miettes marron sur ses parents.

M. et Mme Goodman en étaient couverts de la tête aux pieds. On aurait dit qu'ils venaient de se rouler dans des crottes de lapin.

– Ah, oui, oui, oui, bien sûr… le fameux **CRUC**…

commença Maurice, avant de se dégonfler. Maman va t'expliquer.

Estomaquée, Mme Goodman lança un regard noir à son époux. Il était encore plus trouillard qu'elle.

– Euh, voilà, ma douce princesse. Ton père et moi avons trouvé un livre dans la crypte de la **BIBLIOTHÈQUE**...

– SILENCE ! rugit Myrtille. Je veux mon **CRUC** et je le veux MAINTENANT !

La situation se dégradait à vue d'œil. Le gâteau n'avait rien arrangé du tout. En fait, il avait même provoqué une brutale surdose de sucre qui rendait la fillette encore plus féroce que d'habitude.

– Eh bien, euh, c'est-à-dire, euh... bafouilla Maggie. Prends le relais, Papa.

– Eh bien, euh, c'est-à-dire, euh... bredouilla Maurice, le regard terrifié.

– ALLEZ, CRACHE LE MORCEAU ! brailla sa fille.

– Mon angelot, nous avons épluché tous les livres de la **BIBLIOTHÈQUE** afin de découvrir ce qu'était un **CRUC**.

– Bah, un **CRUC**, c'est un **CRUC** ! se moqua-t-elle.

– Tout à fait. Nous n'avons trouvé qu'une seule référence à son sujet dans toute la **BIBLIOTHÈQUE**... dans ce vieil ouvrage poussiéreux que nous avons découvert dans la crypte. Tu vas voir.

Maurice fit un signe de tête à Maggie, qui apporta péniblement l'énorme livre.

– Il s'intitule LE GRAND LIVRE DES MONSTRES, dit Mme Goodman. Regarde toi-même ! C'est passionnant.

Mais quand Maggie le tendit à sa fille, l'ouvrage se mit à résister.

– JE DÉTESTE LES LIVRES ! ILS ME FONT MAL AU CERVEAU ! s'exclama Myrtille en repoussant LE GRAND LIVRE DES MONSTRES.

Mais l'ouvrage lui rendit son coup.

– AÏE ! s'écria la fillette. Éloignez cette chose de moi !

Maggie reprit l'objet.

– Je vais t'aider, ma petite fée Dragée, dit-elle tout en feuilletant le vieux livre poussiéreux jusqu'à la bonne page. Mon arc-en-ciel en sucre, voici ce qu'est un **CRUC**. Enfin, d'après ce que j'ai lu.

– C'est toi qui lis ! ordonna Myrtille.

Mme Goodman commença à lire à haute voix, en insistant particulièrement sur le passage suivant :

AVERTISSEMENT !

N'ACCUEILLEZ SURTOUT PAS DE CRUC CHEZ VOUS. C'EST LE PIRE ANIMAL DOMESTIQUE DU MONDE.

– Alors, ma colombe d'amour ? s'enquit Maggie. Qu'en penses-tu ? Tu n'as sûrement plus du tout, du tout envie d'avoir un **CRUC**, si ?

Les époux Goodman regardèrent affectueusement leur fille, tout en joignant leurs mains comme pour une prière.

Chapitre 10

STUPORRIFIÉS !

– Je crois que si j'avais un **CRUC** comme animal domestique, lança Myrtille en finissant de lécher les miettes au fond de son assiette, ça se terminerait forcément en catascrophe.

M. et Mme Goodman poussèrent un immense soupir de soulagement.

Ils s'en sortaient la vie sauve.

– Nous ne pourrions pas être plus d'accord ! s'exclama Maggie.

– Tu nous as ôté les mots de la bouche ! se réjouit Maurice.

– Cette créature décruirait certainement tout ! reprit Myrtille.

– Tu as tout à fait raison ! roucoula Mme Goodman. Encore plus raison que raison.

– Quelle petite fille intelligente ! approuva M. Goodman.

– La voiture. La maison. **TOUT**. Peut-être même qu'elle nous tuerait tous.

– Excellente remarque, acquiesça Maurice.

– Oui, il est toujours préférable de ne pas mourir lorsque cela peut être évité, confirma Maggie.

– Qui diable pourrait bien vouloir d'un **CRUC** comme animal de compagnie ? s'esclaffa Myrtille. Ha ! Ha !

Ses parents rirent aussi.

– HOU ! HOU ! HOU !

– HI ! HI ! HI !

Même **LE GRAND LIVRE DES MONSTRES** semblait sautiller sur place, comme s'il pouffait en silence.

– MOI ! s'exclama soudain Myrtille.

Les rires s'interrompirent. Instantanément.

M. et Mme Goodman n'en croyaient pas leurs oreilles.

Le livre s'immobilisa tout net.

– Je veux un **CRUC** comme animal de compagnie.

– M... m... mais ! commença Maggie.

– IL N'Y A PAS DE MAIS ! hurla la fillette, qui cognait les têtes de ses parents l'une contre l'autre pour accentuer son propos.

CLONK !

– OUILLE !

– AÏE !

– J'ai dit que je voulais un **CRUC**. Et je le veux MAINTENANT !

Stuporrifiés, M. et Mme Goodman se tournèrent l'un vers l'autre. Ils étaient tellement stuporrifiés que l'on n'aurait pas pu dire lequel des deux était le plus stuporrifié. Ces photos de leurs visages stuporrifiés vous aideront peut-être à trancher...

Ne mettez pas trois jours à vous décider, enfin ! Nous avons un récit à continuer. Bon, nous dirons qu'ils étaient tous deux extrêmement stuporrifiés. Tout comme vous le seriez si vous étiez obligés d'amener un **animal meurtrier** dans votre maison.

Mais encore fallait-il
en trouver un...

Chapitre 11

LES LITS JUMEAUX

La grande question était la suivante : qui allait devoir se rendre dans **la plus profonde, la plus sombre et la plus junglesque de toutes les jungles** pour y chercher ce satané **CRUC** ?

Assis dans leurs lits jumeaux, M. et Mme Goodman en discutèrent jusque tard dans la nuit. Évidemment, aucun d'entre eux n'avait la moindre envie de se dévouer. Cependant, étant ce qu'ils étaient, leur débat fut remarquablement courtois.

– Tu as grand besoin de vacances, Papa, commença Maggie avec un doux sourire. Tu travailles dur à la **BIBLIOTHÈQUE** – c'est toi qui devrais y aller.

– Non, non, non, répondit Maurice. Tu as toujours dit que tu rêvais de voyager et d'explorer le monde, Maman.

– Ah, bon ?

– Tu disais que tu voulais aller au bord de la mer.

– Juste pour y passer une journée !

– Oui, eh bien, c'est presque pareil qu'une journée au bord de la mer !

– Et en quoi est-ce presque pareil ? s'enquit Mme Goodman.

Voilà qui désarçonna plutôt M. Goodman.

– Il y aura peut-être une camionnette de glaces ? tenta-t-il lamentablement.

– UNE CAMIONNETTE DE GLACES ! fit Mme Goodman, incrédule. Dans **la plus profonde, la plus sombre et la plus junglesque de toutes les jungles !**

De bruyants coups contre le mur retentirent.

BOUM! BOUM! BOUM!

– DOUCEMENT, LÀ-DEDANS! hurla Myrtille depuis sa chambre contiguë. Je ne m'entends même plus dégazer!

PRRRT!

Son pet fit un tel vacarme que toute la maison **trembla**.

Inutile de dire que M. et Mme Goodman semblaient tous deux dépités.

Maggie eut soudainement une pensée et murmura quelque chose à son mari.

– Bien sûr, l'un d'entre nous va devoir rester ici et s'occuper seul de notre fille adorée.

– J'y vais ! s'exclama instantanément Maurice.

– Dans **la plus profonde, la plus sombre et la plus junglesque de toutes les jungles ?**

– Oui. Affaire classée ! Bonne nuit !

Et sur ces paroles, M. Goodman éteignit la lumière.

CLIC !

Cette nuit-là, le brave homme dormit comme un bébé : il se réveilla toutes les deux heures en pleurant à chaudes larmes.

Chapitre 12

UN PEU DE LECTURE LÉGÈRE

Le lendemain, à l'aube, M. Goodman partit à la recherche du **CRUC**. Pour cela, il avait troqué sa tenue d'intellectuel contre une panoplie d'aventurier. Enfin, presque. En fait, il avait simplement mis des pinces à vélo en bas de ses jambières de pantalon afin qu'elles ne s'accrochent pas dans les broussailles.

La pauvre Mme Goodman pleurait sur le pas de la porte. Depuis le jour de leur mariage, les deux *tourtereaux* bibliothécaires n'avaient jamais été séparés une seule nuit.

– Par pitié, je t'en prie, sois prudent, Papa.

Même si ce n'était pas vraiment son fort, M. Goodman s'efforçait d'avoir l'air dur et courageux.

– Ne t'inquiète pas, Maman. Je serai de retour avec

TROUVEZ LA DIFFÉRENCE
M. GOODMAN NORMAL
M. GOODMAN L'AVENTURIER

un **CRUC** en un rien de temps. Que pourrait-il m'arriver de grave, de toute façon ?

– Tu pourrais te faire dévorer ! lança Myrtille depuis une fenêtre de l'étage.

– Merci pour ce petit encouragement, mon ange tombé du ciel, répondit son père, tout en adressant un sourire piteux à Mme Goodman. Je ferai absolument tout ce qui est en mon pouvoir pour que cela n'arrive pas.

– JURE-LE ! le supplia celle-ci.

– Je le jure.

Ils s'embrassèrent maladroitement. Leurs baisers étaient toujours maladroits. Soit c'étaient leurs nez, soit c'étaient leurs mentons ou leurs lunettes qui s'entrechoquaient. Cette fois-ci, ce furent leurs fronts.

C L O N K !

– Aïe !

– Ouille !

– Désolé.

– Désolée.

M. Goodman prit sa valise, respira profondément et s'éloigna dans l'allée.

– Tu me manques déjà ! lui lança Mme Goodman.

– Berk, berk, berk, berk ! fit une voix venue d'en haut.

M. Goodman envoya un baiser à son épouse, qui l'attrapa gauchement.

– ET MAGNE-TOI LE TRAIN !

hurla Myrtille.

Maurice accéléra le pas et se dirigea vers l'arrêt de bus, sa valise à la main. Avec ses chaussettes dans ses sandales, sa chemise, sa cravate, son pantalon et sa veste en tweed, il n'avait vraiment pas grand-chose d'un explorateur en partance pour la jungle. N'ayant encore jamais quitté sa petite ville, il n'était pas du tout préparé à cette aventure.

La seule nourriture qu'il avait emportée était un petit repas froid confectionné par Maggie.

Celui-ci comprenait :

1. **Un sandwich au pain** *(M. Goodman n'aimait pas les garnitures, qui, selon lui, dénaturaient le goût du sandwich)*

2. **Un paquet de chips** *(pas d'arômes, s'il vous plaît, merci infiniment)*

3. **Un yaourt nature** *(comme il les aimait)*

Comme cela se produit souvent avec les repas froids, M. Goodman avait tout ingurgité cinq minutes après avoir quitté la maison, dans le bus qui le conduisait à l'aéroport. Peu après, il se mit à avoir une faim de loup et dut se résoudre à manger la boîte en plastique qui avait contenu son repas. Il en avait plutôt apprécié le goût, étant donné qu'elle n'en avait pas.

Dans sa valise, M. Goodman avait placé un anorak au cas où il pleuvrait, ainsi que plusieurs slips et paires de chaussettes de rechange. Il avait également emporté un peu de lecture légère, quelques-uns de ses livres préférés.

Une histoire du chou-fleur

Les Édifices inintéressants de Grande-Bretagne

Les Étangs

Zoom sur le gravier

Les Mouchoirs en papier à travers le monde

101 Poèmes sur les feuilles d'arbre

Tout ce que vous avez toujours voulu savoir sur les sandales

Les Bancs d'église à travers les âges

Un million de tables de multiplication

Les Ampoules électriques de A à Z

En plus de tout cela, il avait emprunté à la **BIBLIOTHÈQUE** l'ouvrage qui l'avait mené dans cette aventure : **LE GRAND LIVRE DES MONSTRES**, qui s'agitait tout seul dans la valise. En tout cas, il ne fallait pas qu'il oublie de le rapporter avant deux semaines s'il ne voulait pas avoir à s'acquitter d'une amende rondelette.

Bien entendu, M. Goodman avait prévu de la place pour le plus important : son équipement de chasseur de **CRUC**.

Tout d'abord, une vieille cage à hamster rouillée qu'il avait trouvée dans le grenier pour y enfermer le **CRUC**.

Mais également une boîte géante de l'aliment préféré du **CRUC**, les ***biscuits à la crème au beurre, Custard Creams***. L'idée était de les aligner de façon à former un chemin menant jusqu'à l'intérieur de la cage. Ainsi, le **CRUC** y entrerait de lui-même. Enfin, dès que Maurice aurait repéré un **CRUC**, bien sûr.

Le plan de M. Goodman était aussi simple que ça. Comment aurait-il bien pu

échouer ?

TROISIÈME PARTIE

LA PLUS PROFONDE, LA PLUS SOMBRE ET LA PLUS JUNGLESQUE DE TOUTES LES JUNGLES

Chapitre 13

SLIPS ET CHAUSSETTES

Le voyage de M. Goodman vers **la plus profonde, la plus sombre et la plus junglesque de toutes les jungles** fut long. Et quand je dis long, je veux dire looooooooooooooong.

à rollers,

sur un toboggan,

à dos d’âne,

en canoë,

à dos de chameau,

à vélo,

en deltaplane,

encore à dos d'âne,

en montgolfière

et sur le dos
d'un émeu
visiblement
assez irrité*.

* *Irrité parce que les émeus n'aiment pas particulièrement être montés. Pas du tout, en fait. N'essayez pas. Cela ne pourrait que finir dans les larmes. Les vôtres, pas celles de l'émeu.*

Au bout d'un mois (il aurait vraiment dû emporter plus de slips et de chaussettes : il ne pouvait désormais plus en changer qu'une fois par semaine), Maurice était dans un état lamentable. Ses lunettes étaient **fêlées**, il portait une longue barbe hirsute, ses vêtements étaient tout déchirés et, comble de l'horreur, il avait perdu l'une de ses sandales*.

Pire que tout, il n'avait **pas** rendu **LE GRAND LIVRE DES MONSTRES** à temps et une coquette amende de 10 pence l'attendait à son retour. Mais, mais, mais... rien de tout cela n'importait vraiment, car M. Goodman avait enfin atteint sa destination.

La plus profonde, la plus sombre et la plus junglesque de toutes les jungles.

HABITAT NATUREL DU CRUC !

Si vous vous demandez où se situe **la plus profonde, la plus sombre et la plus junglesque de toutes les jungles**, ou si jamais vous me soupçonnez de l'avoir inventée***, consultez donc la carte qui se trouve à la double page suivante.

---

* *La sandale en question a été dévorée par un émeu irrité.*

** *Comment osez-vous ?!*

DÉBUT DE LA JUNGLE
JUNGLE
JUNGLE EXTRÊMEMENT JUNGLESQUE
JUNGLE
TRÈS EXTRÊMEMENT
JUNGLESQUE
CARRÉMENT
PLUS LA JUNGLE
PRESQUE
PLUS LA JUN
FIN DE LA JUNGLE

JUNGLE JUNGLESQUE
JUNGLE TRÈS JUNGLESQUE
LA PLUS PROFONDE, LA PLUS SOMBRE ET LA PLUS JUNGLESQUE DE TOUTES LES JUNGLES, HABITAT NATUREL DU CRUC
ENCORE LA JUNGLE
PAS COMPLÈTEMENT JUNGLESQUE
JUNGLE MOINS JUNGLESQUE
ENCORE UN PEU LA JUNGLE

Maintenant que M. Goodman se trouvait dans la plus profonde, la plus sombre et la plus junglesque de toutes les jungles, il lui restait à trouver un CRUC.

Mais, malheureusement,

il n'en voyait

nulle part.

Chapitre 14

SUR UN ARBRE PERCHÉ

M. Goodman grimpa donc au sommet de l'arbre le plus haut qu'il put trouver. Tenant fermement LE GRAND LIVRE DES MONSTRES, qui se tortillait pour tenter de lui échapper, il repéra plusieurs créatures également présentes dans les pages de l'ouvrage.

Il y avait :

Le **wong-wong**, un oiseau à une seule aile (donc uniptère, comme chacun sait), qui est, très logiquement, incapable de voler. Sans la moindre hésitation, il se jette de sa branche et s'écrase au sol.

PLAF !

PLAF !

PLAF !

L'**hippoproutame** est un cousin éloigné de l'hippopotame, mais il est dénué de pattes. Par conséquent, il se déplace en lâchant des gaz. L'air sort de

son échappement arrière à une puissance digne d'un moteur à réaction. Malgré sa taille et son poids, l'**hippoproutame** peut atteindre des vitesses supérieures à cent cinquante kilomètres/heure. Wouuuuf!

Le mingo est un MUNGO miniature.

Le MUNGO est un mingo géant.

Le **verdairterre** est un énorme ver venimeux, moitié rouge, moitié blanc. Trop gros pour les galeries qu'il creuse, le **verdairterre** finit toujours par rester coincé. Ainsi, une moitié prend des coups de soleil et devient rouge, tandis que l'autre, sous terre, reste blanche.

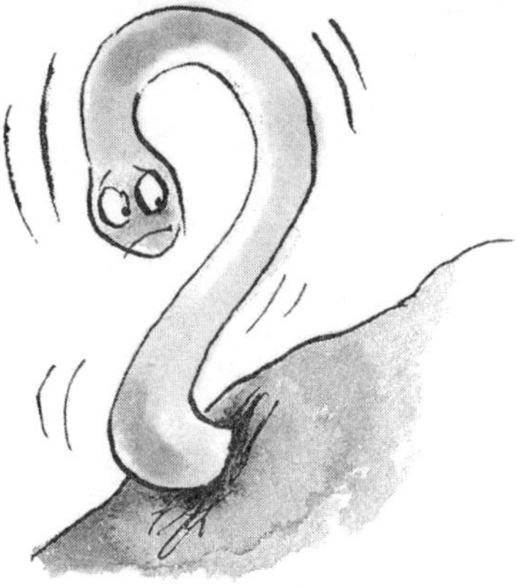

Le **tagadatsointsoin platypus** est un rongeur sans poil qui chantonne n'importe quoi jour et nuit. « Pom pom pom pom pom ! »

Ses rengaines sont tellement désagréables qu'elles font saigner les oreilles de ceux qui les entendent. Il arrive donc souvent que diverses créatures plus volumineuses que le **tagadatsointsoin** s'assoient sur lui pour le réduire au silence.

S P O U I T C H !

Le **vermilléphant** est une variété d'éléphant qui se suspend aux branches par la trompe, la tête en bas. Il reste dans cette position si longtemps qu'il finit par prendre une teinte vermillon. Si vous passez en dessous alors qu'il commence à rougir, prenez garde : cela signifie qu'il va tomber et vous écraser d'une seconde à l'autre.

POF !

Le **golou**, à ne pas confondre avec le **goulou**, est un lézard vert citron d'aspect si terrifiant qu'il se fait peur lui-même. Quand il aperçoit son reflet dans l'eau, il s'enfuit à la nage, totalement paniqué, parfois jusqu'à des centaines de kilomètres.

ARGH !

Le goulou, à ne pas confondre avec le **golou**, est un singe sans poil qui est tellement gêné d'être tout nu qu'il croise constamment les jambes en sautillant dans tous les sens.

BOÏNG!

HOP!

On l'appelle également « goulou nu » ou « goulou sautillant », voire « goulou nu sautillant ». On en a déjà vu un voler une robe dans une boutique de vêtements pour dames. La malheureuse vendeuse s'est d'ailleurs évanouie.

CHPONG!

Quoi qu'il en soit, bien que M. Goodman puisse voir à des kilomètres depuis le sommet de son arbre, il n'avait toujours pas repéré le moindre signe de la présence d'un **CRUC** dans les parages. Tandis que le vent soufflait fort sur **la plus profonde, la plus sombre et la plus junglesque de toutes les jungles**, il se mit à penser à sa fille adorée. En tant que père, il n'avait pas le droit de la décevoir. Il lui fallait à tout prix trouver un **CRUC**. Sinon, tout cela finirait dans les larmes. Et plus probablement les siennes que celles de Myrtille, d'ailleurs. Il pensa à son chez-lui. Alors que le soleil se couchait sur la jungle, il imagina son épouse en train de mettre leur enfant au lit. En ce moment même, elle devait être occupée à lui lire une histoire. Et, d'un instant à l'autre, elle allait s'enfuir de la chambre en hurlant après avoir reçu un coup de livre sur le crâne. AÏÏÏE !

Une larme roula sur la joue de Maurice. Quelle scène attendrissante.

– Je ne te décevrai pas, Myrtille, dit-il à haute voix.

Absorbé par ses pensées, il perdit soudain l'équilibre. Il faut dire que se tenir sur un arbre avec une seule sandale n'a rien de facile. En tout cas, il glissa à toute vitesse le long du tronc, cassant toutes les branches avec ses fesses durant sa chute...

CRAC!

– AÏE!

CRAC!

– AÏE!

CRAC!

– AÏE!

CRAC!

– AÏE!

CRAC!

– AÏE!

CRAC!

– AÏE!

CRAC!

– AÏE!

CRAC!

– AÏE!

... avant d'atterrir en faisant un grand **BOUM!**

– AAAAAAAAAAAAAÏE!

Tout à coup, M. Goodman se souvint que le livre lui avait échappé.

– **LE GRAND LIVRE DES MONSTRES !**

L'instant d'après, l'énorme ouvrage s'écrasa sur sa tête.

CLONK !

Et le laissa inconscient.

Chapitre 15

PIÈGE!

LE GRAND LIVRE DES MONSTRES réveilla Maurice en lui donnant de nouveaux coups sur le crâne.

Ce dernier prit l'ouvrage dans ses mains.

Ne sachant pas trop où le ranger, il le glissa à l'arrière de son pantalon. Inutile de dire que le livre n'apprécia pas du tout cela et se mit à se tortiller pour en sortir.

– ÇA SUFFIT ! le gronda M. Goodman en lui donnant une petite tape.

Si quelqu'un l'avait surpris, il aurait cru voir un homme en train de se fesser lui-même. Mais, heureusement, M. Goodman était seul dans **la plus profonde, la plus sombre et la plus junglesque de toutes les jungles.**

Il se mit aussitôt à élaborer un plan. S'il voulait attraper un **CRUC**, il fallait qu'il lui tende un piège. Dans **la plus profonde, la plus sombre et la plus junglesque de**

toutes les jungles, il finit par découvrir une clairière à peine plus grande qu'une piscine gonflable. Il fouilla alors dans ce qu'il restait de sa valise et en tira la boîte de ***biscuits à la crème au beurre***, qui était plutôt lourde, car elle en contenait des centaines. Après l'avoir posée à côté de ses pieds, il installa la cage à hamster sur le sol et en ouvrit la porte aussi silencieusement que possible.

CRIIII !

Le plan consistait à créer un chemin de ***biscuits à la crème au beurre*** menant jusqu'à l'intérieur de la cage. M. Goodman n'avait plus qu'à attendre que le **CRUC** remonte cette piste de biscuits. Et quand il serait en train de grignoter le dernier, dans la cage, il suffirait de refermer rapidement la porte et BINGO !

Le **CRUC** serait pris au piège.

FLITCH FLITCH FLITCH…

M. Goodman entendit des bruissements dans les fourrés.

– Y a quelqu'un ? lança-t-il.

Aucune réponse ne vint. Mais il était plutôt improbable qu'un animal sauvage – ou pas, d'ailleurs – lui lance :

Oui, je suis ici, coucou!

SALUUUUT !

Le silence qui suivit rassura Maurice.

– Sans doute juste une petite brise, marmonna-t-il pour lui-même.

Bien entendu, M. Goodman avait dû incroyablement se retenir pour ne pas dévorer tous les **biscuits à la crème au beurre**. Cela faisait un mois qu'il était parti de chez lui avec un petit repas froid pour seule nourriture. À un certain stade, il avait eu si faim qu'il avait dû se résoudre à manger l'un de ses SLIPS. Un sale, en plus. Inutile de dire que ce n'était pas bon. Plus **salé** que **sucré***.

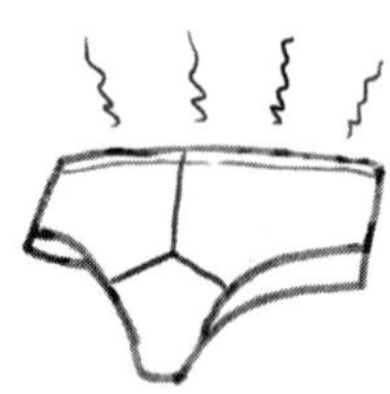

---

* *Quoi qu'il puisse vous arriver dans la vie, ne mangez jamais votre slip. Même avec des tonnes de ketchup, il aura toujours mauvais goût.*

Maurice savait qu'il n'avait pas le droit de décevoir sa fille. S'il rentrait à la maison sans **CRUC**, ce serait l'enfer assuré. Allez donc savoir quelle atroce humiliation elle lui infligerait, cette fois. Pour se venger, elle l'avait déjà...

... fait asseoir sur la « marche des punis », dehors, dans la neige, jusqu'à ce que le froid lui ait totalement engourdi les fesses...

... envoyé au lit alors qu'il n'était même pas encore levé...

... forcé à aller travailler à la **BIBLIOTHÈQUE** en petite tenue parce qu'elle avait dissimulé ses vêtements dans le jardin...

… fait ensevelir Mme Goodman sous un parterre…

… contraint à manger du chou froid à tous les repas…

… mis au coin. Sur une jambe. Avec un pot de fleurs sur la tête. Pendant un an…

… fait récurer la maison du sol au plafond, équipé d'une simple brosse à dents…

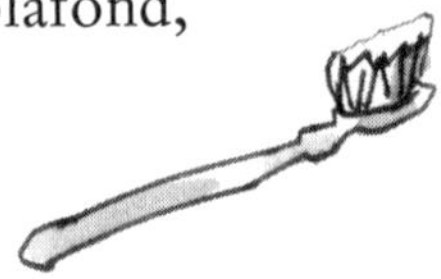

… obligé à se laver les dents avec la même brosse…

… fait dormir dans l'abri du jardin…

… et forcé à boire dans une flaque.

Quand Maurice se retourna pour ouvrir la boîte de ***biscuits à la crème au beurre***, il fut horrifié de découvrir que le couvercle avait déjà été enlevé et qu'elle était complètement vide.

– NOOON ! s'écria-t-il.

C'était une CATASTROPHE !

Quelqu'un ou quelque chose avait mangé tous ses ***biscuits à la crème au beurre**** !

* *Je sais très bien ce que vous pensez, mais, non, je n'y suis pour rien.*

Chapitre 16

DES EXCRÉMENTS SUSPECTS

Mais qui était donc le mystérieux voleur de ***biscuits à la crème au beurre***? Il n'y avait peut-être plus de ***biscuits à la crème au beurre*** dans la boîte, mais il y avait une traînée suspecte d'excréments encore fumants qui en découlait. Des excréments qui faisaient curieusement penser à de la crème ou à du beurre*.

Depuis la clairière, ceux-ci traversaient des zones très junglesque de **la plus profonde, la plus sombre et la plus junglesque de toutes les jungles** pour aboutir à l'entrée d'une grotte.

– Oh, non, fit Maurice en grimaçant.

Il avait toujours eu peur du noir. Descendre dans

la crypte de la **BIBLIOTHÈQUE** n'était déjà pas facile,

* *Mais qui n'avaient pas du tout le même goût.*

CHOSES FLANQUANT LES CHOCOTTES À M. GOODMAN :

Les gants de vaisselle
Les choux de Bruxelles
Les distributeurs automatiques
Les fouets de cuisine
Les parapluies
Les clowns
Les bananes trop mûres
Les escaliers roulants
Les pépins
Les chocolats au café
Les joueurs de fléchettes
Les animaux en ballons de baudruche
Le papier à bulles
Les abat-jour
Les baignoires encastrées
La réglisse
Les hommes aux orteils poilus
Les femmes aux orteils poilus
Les gens qui se prénomment Colin
Les listes

mais ceci était infiniment plus terrifiant. Cependant, il faut dire que la liste des choses qui flanquaient LES CHOCOTTES à M. Goodman était plutôt longue.

Pensant à la fureur de sa fille s'il revenait chez lui sans **CRUC**, M. Goodman inspira profondément et entra dans la grotte sombre et humide.

Ses pas résonnaient dans le noir.

P L O M P L O M P L O M…

– COUCOU ! lança-t-il.

– COUCOU ! lui répondit une voix.

Une peur bleue s'empara du pauvre homme. Pour tenter de la cacher, il prit sa voix la plus courageuse et énergique.

– Qui est là ? demanda-t-il.

– QUI EST LÀ ? le défia la voix.

– C'est moi qui ai posé la question en premier.

– C'EST MOI QUI AI POSÉ LA QUESTION EN PREMIER.

– Non, pas du tout. C'est moi.

– NON, PAS DU TOUT. C'EST MOI.

– Vous êtes ridicule ! s'écria Maurice dans l'obscurité.

– VOUS ÊTES RIDICULE ! lui répondit-on.

– Même pas vrai.

– MÊME PAS VRAI.

– Si, c'est vrai.

– SI, C'EST VRAI.

– Montrez-vous !

– MONTREZ-VOUS !

– Vous d'abord !

– **VOUS D'ABORD !**

– Arrêtez de répéter tout ce que je dis.

– **ARRÊTEZ DE RÉPÉTER TOUT CE QUE JE DIS.**

– Euh...

– **EUH...**

– Serais-je en train de parler à mon propre écho ?

Un moment de silence s'écoula avant que la voix de M. Goodman lui revienne :

– **OUI.**

Là, Maurice fut carrément épouvanté.

Il se mit à fouiller fébrilement dans sa poche en lambeaux. Les mains tremblantes, il finit par y trouver ses allumettes et en craqua une.

SCRATCH !

FIZZZ !

À la lueur vacillante de la petite flamme, il examina les plus sombres recoins de la grotte.

Quelque chose bougeait.

Quelque chose de petit.

Quelque chose de velu.

Quelque chose comme

UN CRUC...

Chapitre 17

UNE GROSSE ERREUR

Quand la chose qui bougeait dans l'ombre se retrouva dans la lumière, elle poussa un grognement grave.

– GRRR !

Comme la plupart des gens, M. Goodman se croyait très doué pour communiquer avec les animaux. Pourtant, un cheval lui avait déjà mordu le derrière. Un cheval de cirque. Convaincu qu'il était capable d'apprivoiser la créature de la grotte, il s'avança sur la pointe des pieds et s'accroupit. Puis il craqua une nouvelle allumette...

SCRATCH !

WIIIZ !

... et put enfin bien voir la chose.

BINGO !

Ce truc était effectivement un **CRUC**. Il était exactement tel que le décrivait **LE GRAND LIVRE DES MONSTRES**. Pas plus grand qu'une balle de tennis, il était rond et poilu, et se déplaçait en roulant.

Il était doté d'un petit trou de chaque côté, ainsi que d'un grand œil qui s'orienta aussitôt vers M. Goodman. L'un des trous devait être sa bouche et l'autre, son derrière. Quoi qu'il en soit, en dépit de leurs fonctions très différentes, il était totalement impossible de les discerner l'un de l'autre.

Inexplicablement, M. Goodman prit une voix de bébé pour s'adresser à la créature. À croire que les animaux comprennent mieux quand on leur parle comme si on portait encore des couches.

– Coucou, petit truc, ou plutôt petit « CRUC » ! roucoula M. Goodman. Tu veux venir à la maison avec moi ?

– GRRR ! répondit la créature.

Même si cela ne ressemblait pas du tout à un « oui », Maurice tendit la main pour la caresser.

Cela s'avéra être une erreur.

Une grosse erreur.

Énorme.

Colossale.

MONSTRUEUSE.

Enfin, bref, une grosse erreur, quoi.

– GRRR !

SNAP !

– ARGH ! hurla Maurice.

Le **CRUC** lui avait mordu l'index.

Et il ne le lâchait plus. Le pauvre homme en avait les larmes aux yeux.

– AYA-Y-AÏE !

Le visage de M. Goodman était devenu écarlate et ses cheveux tenaient tout droit sur sa tête.

– MIGUI ! MIGUI ! MAOU* !

Le pauvre Maurice agitait son doigt comme un forcené.

– MAIS LÂCHE-MOI, ENFIN !

---

* *Eh ! Vous diriez peut-être la même chose si vous aviez aussi mal que lui...*

L'œil mi-clos, la créature enfonça ses crocs encore plus profondément. Elle semblait déterminée à tuer.

– NANANANANANANANANANANANANANANA NANANANANANANANANANANANANANANA*!

Après avoir traversé la grotte en boitant, M. Goodman essaya de faire tomber la bête sauvage en la cognant contre les parois en pierre de l'entrée.

Mais le **CRUC** serra encore plus les dents autour de l'index.

– LÂCHE-MOOOOOOOOOOOOOOOOOOOOOOOOOIIIIIIIIIIIIIIIIIII**!

DE L'EAU! s'exclama Maurice. Je suis sûr qu'il déteste l'eau!

---

* *Encore un cri de douleur, pour le cas où vous en douteriez.*

** *Hurlement aussi. Essayez de suivre, un peu!*

M. Goodman courut aussi vite qu'il le put en direction d'un lac. Et sans réfléchir à ce qui pourrait s'y cacher (il se trouvait tout de même dans **la plus profonde, la plus sombre et la plus junglesque de toutes les jungles**, vous vous souvenez ?), il se jeta dedans.

À sa plus grande surprise, il avait pied. Dans l'eau jusqu'aux aisselles, il entreprit alors de poser un ultimatum au **CRUC**.

– Bon ! Ça suffit ! Ça suffit vraiment ! J'exige de récupérer mon doigt ! J'en ai besoin pour toutes sortes de choses : me gratter les fesses, me curer le nez, tourner les pages de mes livres* !

* *Il est déconseillé de faire tout cela à la suite.*

Je suis désolé, **CRUC**, mais tu ne me laisses pas le choix !

Sur ces mots, M. Goodman prit les choses en main. Il avait enfin trouvé le **héros** qu'il avait toujours soupçonné de sommeiller en lui malgré son apparence débonnaire. Il était enfin un véritable modèle de force virile. VICTOIRE !

Afin de savourer l'instant, il leva le doigt bien haut avant de le plonger profondément dans l'eau.

SPLISH !

Puis il resta un moment dans cette position, convaincu que le **CRUC** allait lâcher prise.

Souriant de satisfaction, il attendit. Et attendit. Et attendit. Et attendit encore.

Puis **la plus étrange** des choses se produisit.

Des bulles commencèrent à se former à la surface.

BLOB ! BLOB ! BLOB !

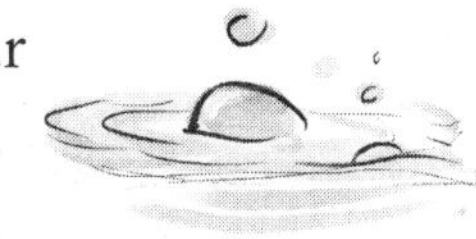

Ces bulles étaient énormes, de couleur marron et très nauséabondes. D'une puanteur à vous faire monter les larmes aux yeux, vous chatouiller les narines et vous retourner l'estomac. En un mot, **schlingui-schlingo-beuârk**[*].

C'était une odeur pestilentielle différente de celle des excréments qui faisaient penser à de la crème et à du beurre. M. Goodman retint sa respiration et observa l'eau sombre. En fait, ses pieds ne touchaient pas le fond du lac. Ils reposaient sur quelque chose de gros, gris et vivant.

BLOB ! BLOB ! BLOB !

* *Si je vous dis que ce mot existe, c'est qu'il existe. D'accord ?*

Quand les bulles éclataient à la surface, la puanteur était encore plus mortelle.

Ce n'est qu'à ce moment-là que M. Goodman comprit qu'en réalité il se tenait sur un animal.

Et pas n'importe quel animal.

Non, non.

Un **hippoproutame !**

Chapitre 18

DEUX FOIS PLUS DE PROBLÈMES

Ce qu'il faut absolument savoir sur l'**hippoproutame**, c'est qu'une bulle, ce n'est qu'un début. Une bulle signifie que beaucoup d'autres vont suivre. En regardant vers le bas, M. Goodman vit soudain apparaître un énorme jet d'air entre ses pieds.

PRRT !

La créature s'élança sous l'eau à la vitesse d'une torpille.

PRRRRRT !

WOUF !

Même à cent cinquante kilomètres/heure, le **CRUC** ne lâchait toujours pas le doigt de Maurice.

– OUAYA YAYAÏE HOU-AÏE !

Si vous pensiez que la situation ne pouvait pas empirer, vous allez sûrement changer d'avis. Effrayés par tout ce tumulte, des tas de **wong-wongs** décollèrent de l'arbre où ils nichaient.

CROA ! CROA ! CROA !

N'ayant qu'une seule aile (chacun, pas en tout – ce qui serait encore plus idiot), ils se mirent à tournoyer maladroitement en l'air, percutant sans cesse le visage du pauvre homme…

PAF ! PAF ! PAF !

– OUILLE ! OUILLE ! OUILLE !

… avant de descendre en piqué vers l'eau.

PLIF ! PLAF ! PLOUF !

Cela fit continuer la réaction en chaîne. Les plongeons des **wong-wongs** dans le lac attirèrent l'attention d'une autre créature tapie dans les profondeurs.

Le croco-croco bicéphale.

Ce dernier avait également sa propre entrée dans **LE GRAND LIVRE DES MONSTRES**. Le **croco-croco** n'était pas très différent d'un simple crocodile, si ce n'est qu'au lieu d'avoir une tête et une queue, il avait deux têtes et zéro queue*.

Deux immenses gueules affamées à nourrir ne pouvaient représenter que DEUX FOIS PLUS DE PROBLÈMES.

Quand on a deux têtes et pas de queue, la principale difficulté est de se rendre quelque part. Une tête voulait aller dans un sens et l'autre dans le sens opposé. Cependant, M. Goodman avait visiblement l'air d'un mets de choix. Le **croco-croco** se mit donc à s'agiter comme un beau diable, faisant claquer toutes ses mâchoires en direction de cet appétissant repas sur pattes.

SCHKLAC ! SCHKLAC ! SCHKLAC !

* *Deux queues et zéro tête aurait été encore pire.*

Avec le **CRUC** qui lui mordait le doigt, l'**hippoproutame** qui envoyait ses bulles toxiques, les **wong-wongs** qui plongeaient comme des kamikazes et le **croco-croco** qui le talonnait toutes dents dehors, M. Goodman commençait à se dire que c'était peut-être la fin.

– AU SECOOOOUUURS ! cria-t-il. QUELQU'UN POURRAIT-IL RAPPORTER **LE GRAND LIVRE DES MONSTRES** À LA **BIBLIOTHÈQUE**, S'IL VOUS PLAÎT ? IL Y A UNE AMENDE À PAYER !

Ses cris ne lui furent d'aucune aide. En fait, ils aggravèrent même la situation. Beaucoup. Ils réveillèrent un autre animal. Et pas n'importe quel animal. Non, non.

M. Goodman venait de réveiller
l'animal le plus meurtrier
du monde.

Chapitre 19

LA SAUCISSE VOLANTE

Non, **l'animal le plus meurtrier** du monde n'était pas Myrtille.

Néanmoins, alors que M. Goodman semblait voué à un funeste destin, il se mit à penser à sa fille. Il avait envie de revoir une image agréable d'elle avant de mourir. Mais il eut beau essayer de toutes ses forces, il ne parvint pas à la visualiser en train de faire quoi que ce soit de plus ou moins gentil. Myrtille ne faisait pas dans le gentil. En revanche, elle excellait dans le méchant. Des tas de souvenirs revinrent à l'esprit de M. Goodman…

Myrtille en train de détruire le sapin de Noël parce qu'elle n'avait pas eu assez de cadeaux.

Myrtille sautant sur le plateau d'un jeu de société parce qu'elle était en train de perdre la partie. **VLAM !**

Myrtille enfournant son gâteau d'anniversaire tout entier dans sa bouche pour que personne d'autre ne puisse en avoir. GLOUPS !

Myrtille défonçant le téléviseur d'un coup de poing parce que son DESSIN ANIMÉ préféré était terminé. **BOUM !**

Myrtille trichant pendant les cours de sport en obligeant sa mère à lui faire faire le tour de la piste en voiture. VRAOUM !

– PLUS VITE ! PLUS VITE !

Myrtille inondant volontairement toute la maison parce qu'elle ne voulait pas prendre son bain. **SPLOSH !**

Myrtille dévorant – à pleines dents ! – tous les livres que son père et sa mère tentaient de lui faire lire.

G R U M P F !

Myrtille tenant le directeur de l'école par les pieds pour lui enfoncer la tête dans les toilettes et tirer la chasse d'eau parce qu'elle avait reçu des heures de colle après avoir enfoncé la tête de sa maîtresse dans les toilettes et tiré la chasse d'eau.

FLOUITCH !

Myrtille installant un étal devant sa maison afin de vendre absolument toutes les possessions de ses parents et s'acheter des montagnes russes avec l'argent récolté.

ZOOOOÏNG !

Myrtille pleurant tellement fort pour avoir une glace que le camion du marchand finit par se renverser.

C H P O N K !

Non. **L'animal le plus meurtrier** du monde n'est pourtant pas Myrtille.

C'est l'**héliphant.**

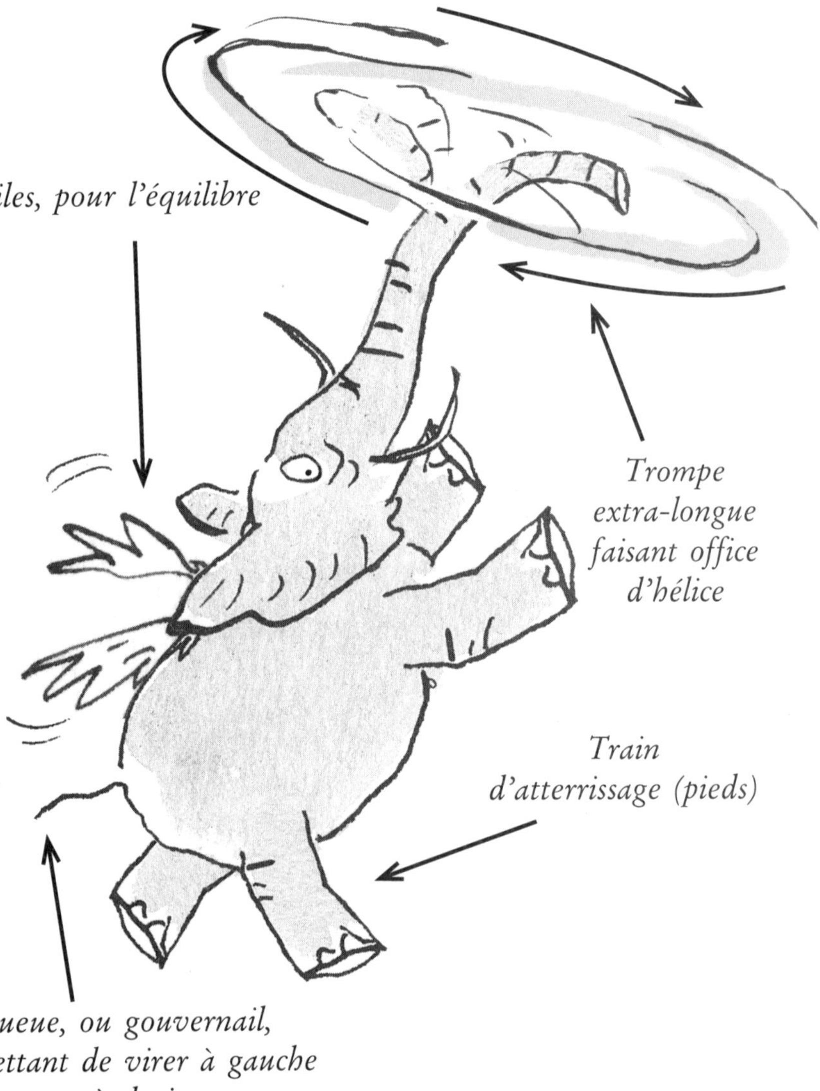

Il s'agit tout simplement d'un éléphant volant.

Comment vole-t-il ?

Grâce à sa trompe, bien sûr. Il me semblait que c'était évident.

Si vous aviez étudié **LE GRAND LIVRE DES MONSTRES**, vous le sauriez déjà.

La trompe de l'**héliphant** est particulièrement longue. Quand l'animal la fait tourner suffisamment vite, elle fonctionne exactement comme une hélice.

Que pourrait-il bien y avoir de plus dangereux qu'un éléphant volant ?

Rien. S'il s'écrase sur vous, vous êtes réduit en compote.

En entendant Maurice crier, l'**héliphant** se réveilla de mauvaise humeur sur le rivage où il sommeillait. Les **héliphants** se réveillent toujours de mauvaise humeur, car même quand ils dorment des heures, cela ne leur suffit jamais*.

Fermement décidé à punir le coupable, l'animal fit tourner sa trompe et s'éleva dans les cieux.

---

* *Une fois, un héliphant a dormi pendant dix-sept ans, et il s'est tout de même réveillé de mauvaise humeur.*

BZZZ !

Comment l'héliphant se dirige-t-il ?

Grâce à sa queue, bien sûr.

Celle-ci lui sert de gouvernail.

Franchement, vous auriez pu deviner. Question de logique.

M. Goodman entendit un grand bourdonnement dans le ciel et sentit une ombre passer sur lui. En levant les yeux, il découvrit alors que c'était une sorte d'énorme saucisse bien grasse qui masquait le soleil en même temps qu'elle grimpait comme une fusée.

– Oh…

Mais avant que M. Goodman ait le temps de dire « ouf », du bout de l'une de ses défenses, l'**héliphant** attrapa le pauvre homme par le pantalon et lui fit subir un épouvantable tire-slip*.

* *Un tire-slip n'est jamais très agréable, mais même dans la catégorie des tire-slips épouvantables, celui-ci était particulièrement violent.*

– TCHOUÏAYABIDOU ! hurla M. Goodman quand il décolla du dos de l'**hippoproutame** et se retrouva dans les airs.

À l'arrière de son pantalon, **LE GRAND LIVRE DES MONSTRES** se remit à se tortiller pour tenter de s'échapper, tandis qu'autour de son doigt le **CRUC** enfonçait ses dents toujours plus fort, son unique œil fermé pour mieux se concentrer.

– BOUM TITI BOUM TITI BOUM BOUM !

La douleur était tellement indescriptible que je n'essaierai même pas de la décrire autrement que par l'adjectif « indescriptible ».

– LÂCHE-MOI ! hurla M. Goodman à l'**héliphant**.

Puis il regarda en dessous. Ils étaient tout de même très haut.

– EN FAIT, NE ME LÂCHE PAS, S'IL TE PLAÎT ! MERCI BEAUCOUP !

Chapitre 20

UN CHAUFFE-DOIGT EN FOURRURE

La trompe tournoyant à toute vitesse, l'**héliphant** s'éleva au-dessus des nuages. Tout là-haut, là où le ciel rencontre le cosmos, le froid était

mordant. M. Goodman était couvert d'une fine pellicule de givre, tel un bâtonnet de glace juste sorti du congélateur. Il regarda son doigt. À sa plus grande insurprise*, le **CRUC** y était toujours accroché. Le froid lui faisait plisser son œil unique.

Malgré la douleur précédemment décrite comme indescriptible, c'était au moins la seule partie du corps de M. Goodman qui n'était pas frigorifiée. Le **CRUC** était une sorte de chauffe-doigt en fourrure. Mais l'inconvénient était qu'on ne pouvait pas l'enlever.

À des centaines de kilomètres au-dessus de son habitat naturel, l'**héliphant** était enfin prêt à se venger. Il décrocha M. Goodman de sa défense.

– ARGH ! hurla Maurice dans sa chute.

WIZZZ!

– WOUBI ! WOUBI !

cria l'**héliphant**.

* *Si, c'est un vrai mot aussi, bande de gros bêtas !*

Si M. Goodman n'agissait pas rapidement, il allait finir en tache de sauce bolognaise sur le sol.

Si seulement il avait eu un parachute !

Il regarda la petite chose poilue accrochée à son doigt.

DING !

Une idée lui vint subitement. Et cette idée était tellement saugrenue qu'elle avait peut-être même une chance de fonctionner.

Selon **LE GRAND LIVRE DES MONSTRES**, le **CRUC** était capable de changer de taille de façon spectaculaire. Selon les circonstances, il pouvait être aussi petit qu'une bille ou aussi gros qu'une montgolfière.

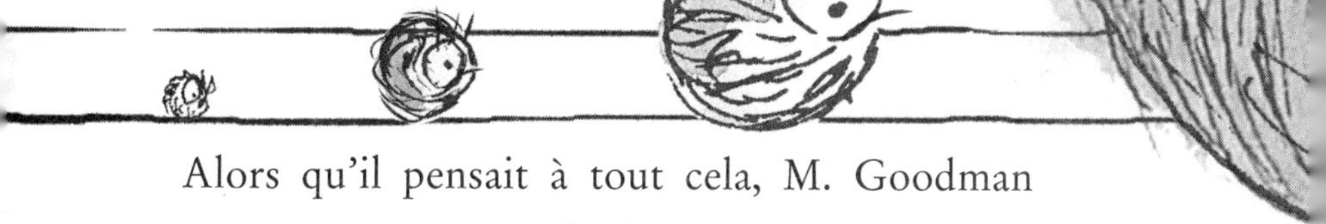

Alors qu'il pensait à tout cela, M. Goodman était toujours en train de dégringoler...

WIZZZ !

... et il entreprit donc de souffler dans l'orifice libre du **CRUC** aussi vite que possible.

PFF !

PFF !

PFF !

L'œil du **CRUC** s'anima. Mais que faisait donc cet homme ?

La créature se mit à enfler comme un matelas de piscine. Bientôt, elle atteignit la taille d'un ballon de football, puis celle d'un ballon de plage. M. Goodman utilisa jusqu'à sa toute dernière bouffée d'air.

PFFFFFFFFFFFFFFFFFFF !

Le **CRUC** faisait maintenant au moins cent fois sa taille de départ. Non seulement il était aussi gros qu'une montgolfière, mais il fonctionnait de la même façon. Désormais, au lieu de tomber, M. Goodman flottait dans les airs, toujours plus haut et toujours plus loin.

FWISH !

– JE VOLE !

s'écria-t-il.

Chapitre 21

LA MONTGOL-CRUC

À présent, tout ce que M. Goodman avait à faire, c'était de se diriger vers chez lui. Alors qu'il voyait les continents défiler à des centaines de kilomètres en dessous, il se réjouit de l'économie que cela représentait en billets d'avion. En se servant de sa jambe comme gouvernail, il mit le cap vers les îles Britanniques et survola

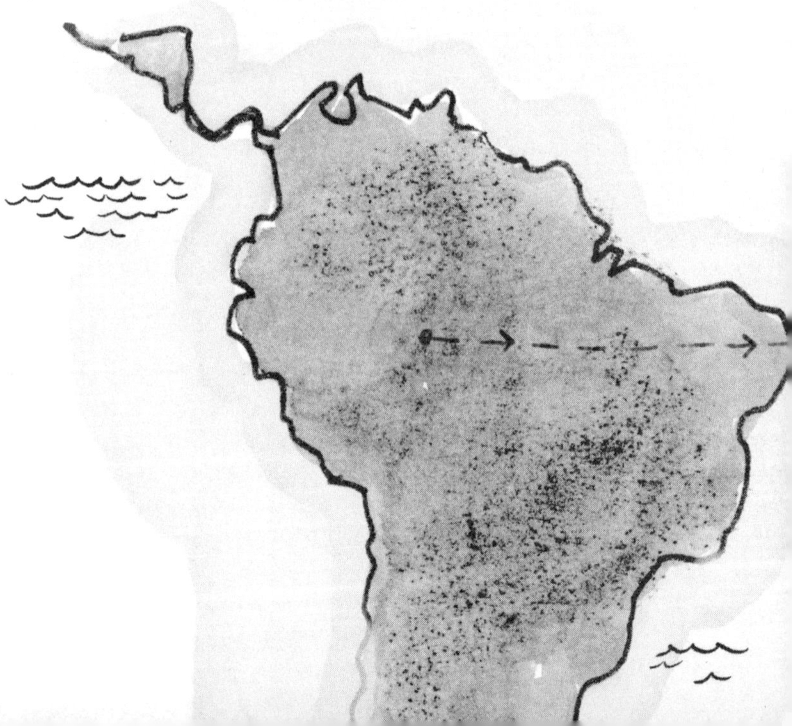

ainsi l'Afrique et l'Europe continentale. De temps en temps, il soufflait un peu plus dans le trou du **CRUC** afin qu'il ne se dégonfle pas.

Mais ce qui l'enchantait plus que tout, c'était que **LE GRAND LIVRE DES MONSTRES** était toujours bien calé dans son fond de pantalon. Et même s'il allait devoir payer une coquette amende pour le retard, cela resterait beaucoup moins cher que s'il l'avait perdu.

M. Goodman était extrêmement content de lui. S'il l'avait pu, il se serait lui-même donné une tape dans le dos. Il venait d'inventer un tout nouveau mode de transport.

La montgol-**CRUC***.

En quelques jours à peine, M. Goodman se retrouva au-dessus de sa ville. Puis de sa rue. Puis de sa maison.

Un sourire satisfait se dessina sur son visage. Quelle super surprise il avait pour sa fille adorée. Non seulement il avait réussi à tromper la mort, mais il rentrait avec le plus fantastique cadeau du monde.

---

* *Il s'agit bien sûr d'une variante de la montgolfière. Attention : ne pas confondre les montgolfières avec les Mongols fiers, qui ne sont que les plus orgueilleux des habitants d'un pays d'Asie situé entre la Chine et la Russie.*

Quelque chose de mythique. Quelque chose de légendaire. Quelque chose en provenance d'un autre monde. Un **CRUC** !

– J'ai réussi ! s'écria-t-il. Bravo, moi !

Il passa son bras libre autour de la boule de poils.

– Merci ! Merci ! Merci ! De ne m'avoir jamais lâché ! De m'avoir laissé souffler dans ton tu-sais-quoi !

Malheureusement, Maurice serra le **CRUC** trop fort. L'œil unique de ce dernier s'écarquilla de surprise. Et, tout comme s'il s'était agi d'une vraie montgolfière, l'air se mit à s'échapper beaucoup plus vite qu'on ne pouvait en remettre.

PFFFFFFFT!

W I I I Z Z Z !

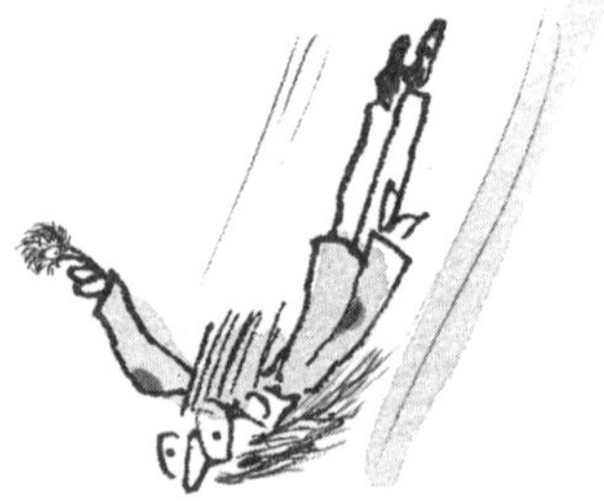

En se dirigeant vers son jardin, M. Goodman avait attendu avec impatience le moment où il allait pouvoir se poser tout en douceur sur la pelouse. Finalement, cela n'allait pas être possible. Là, il fonçait tout droit sur la maison.

– **NOOON !** hurla-t-il.

Mais il allait beaucoup trop vite.

Et il passa à travers le toit.

BRAOUM !

BOO-BOOM !

Il traversa ensuite le plancher du premier étage et se retrouva dans un gros tas de débris sur la moquette du salon.

– WOUF !

Heureusement, **LE GRAND LIVRE DES MONSTRES,** qui se trouvait toujours dans son fond de pantalon, avait amorti sa chute. Sans cela, il aurait très probablement eu une fracture du derrière*.

– Rappelez-moi de rapporter ça à la **BIBLIOTHÈQUE**, dit-il. Il y a une amende à payer.

* *Ce qui n'est pas un problème pour lequel il est agréable d'être hospitalisé.*

– Docteur, docteur, c'est mon derrière. Je crois qu'il est cassé.

– Montrez-moi ça... Oh, oh, c'est assez gênant... Il est bien cassé, en effet. Il va vous falloir un plâtre pendant un mois ou deux.

– Et si j'ai besoin d'aller aux toilettes ?

– Il faudra vous retenir, j'en ai peur.

– AARGH !

Chapitre 22

LA BARBE JUSQU'AU NOMBRIL

– C'est pas trop tôt ! lança Myrtille, affalée sur le canapé devant ses **DESSINS ANIMÉS**.

– Oh, bonté divine ! s'écria Mme Goodman, très inquiète, en se précipitant dans le salon. Tout va bien ?

– Ouais, ça va ! répondit sa fille.

– Non ! Pas toi, mon petit ange tombé du ciel ! Je parlais à Papa ! rectifia Maggie, qui se répandit en un océan de larmes après avoir posé un bref regard sur son mari. Bou ! Hou ! Hou ! Mon pauvre, mon pauvre !

L'homme de la maison n'avait effectivement pas l'air au mieux de sa forme. Parti depuis des mois, il était maigre comme un clou et sa barbe lui descendait jusqu'au nombril. Et puisqu'il était passé au travers du toit et du plafond, il était couvert de poussière de la tête aux pieds. Mais bien que cela puisse sembler incroyable, le plus impressionnant était qu'il avait toujours une boule de poils accrochée au doigt, même si celle-ci avait retrouvé sa taille de départ.

– Ne pleure pas, Maman, je t'en prie, dit Maurice en se relevant tant bien que mal. Car ce jour est un jour de joie. Regarde ça !

Lentement, il leva son doigt en l'air.

– Regarde ce que j'ai pour notre adorable fille !

Mme Goodman contempla son nouveau héros de mari avec stupéfaction. Cette fois, ses larmes étaient des larmes de fierté.

– Eh oui, Myrtille ! s'exclama M. Goodman. Ton père rentre victorieux de sa mission mortellement dangereuse. Depuis **la plus profonde, la plus sombre et la plus junglesque de toutes les jungles**, je t'apporte ceci ! **UN CRUC !**

La fillette détourna un instant les yeux de son écran pour jeter un bref regard à la chose. Puis elle déclara :

– J'en ai déjà un !

QUATRIEME PARTIE

GROS CRUC
ET
PETIT CRUC

Chapitre 23

À MOURIR DE RIRE

Inutile de dire que M. Goodman n'en croyait pas ses oreilles.

– Comment ça, « J'en ai déjà **un** ! » ? Mais de quoi parles-tu ?

– Ben, d'un **CRUC**, nigaud ! lui répondit Myrtille en lui montrant du doigt une petite cage dans un coin de la pièce. J'ai déjà un **CRUC**. Regarde donc, grand ballot.

Sidéré, Maurice s'avança et scruta l'intérieur de la cage. Là, niché dans des bouts de papier journal, se trouvait effectivement un **CRUC**, clignant de son unique petit œil.

– Mais où avez-vous donc bien pu vous procurer ça ?

– À l'animalerie.

– À L'ANIMALERIE ?

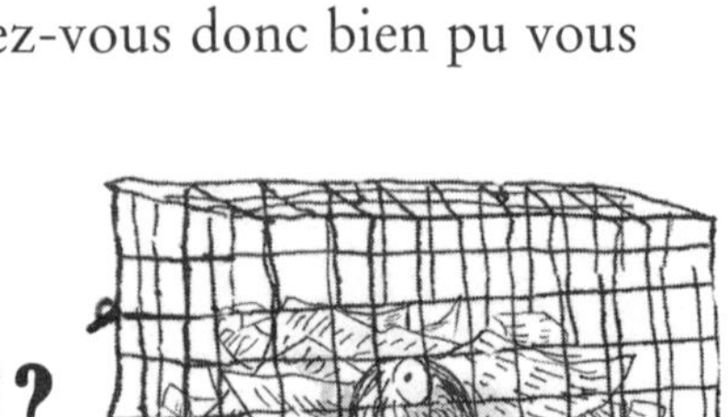

– **Ouais !** T'es sourd ou quoi ? Je viens de le dire !

Maurice se tourna vers son épouse, qui hocha la tête.

– Je suis désolée, mon cher et tendre, commença Maggie, les yeux embués. Mais tu es parti depuis si longtemps que, le cœur bien lourd, j'avais abandonné tout espoir que tu reviennes.

– On croyait que tu avais cassé ta pipe, ajouta Myrtille.

– CHARMANT ! répondit Maurice.

– Alors, je me suis dit qu'il n'y avait rien de mal à essayer de trouver un **CRUC** autre part. Surtout que Myrtille avait commencé à... Comment pourrais-je tourner cela poliment ? Elle avait commencé à *se lâcher*.

– Je lui ai plongé la tête dans les toilettes et j'ai tiré la chasse, ricana la fillette.

– De toute façon, il fallait que je me lave les cheveux, reprit Maggie, tout en grimaçant à ce souvenir. Et – qui l'eût crut ? – il y avait un **CRUC** à vendre à l'animalerie du coin ! Ah, c'était à mourir de rire !

– HA! HA! HA! » acquiesça Myrtille à sa façon.

M. Goodman inspira profondément. Il n'était pas du genre se mettre en colère mais, là, il était incontestablement agacé[*].

– J'ai parcouru des milliers de kilomètres. Je suis passé à deux doigts de me faire dévorer vif. Et il y avait un **CRUC** à **l'animalerie du coin** depuis le début ?

– Je suis vraiment vraiment désolée, **mon cher et tendre**, répondit Mme Goodman. Je suppose que nous aurions dû vérifier avant ton départ. En plus, le **CRUC** était en promo.

– EN PROMO ?

* *Voici l'échelle des divers degrés de colère:*

FURIEUX
ÉCUMANT
Enragé
COURROUCÉ
Fâché
ÉNERVÉ
Agacé
Irrité
TOURMENTÉ
Piqué
CHIFFONNÉ

– Oui ! Demi-tarif. Une affaire en or.

On aurait dit que Maurice allait éclater en sanglots. Il se laissa tomber sur ce qu'il restait de son fauteuil.

– Aïe !

Il avait toujours **LE GRAND LIVRE DES MONSTRES** dans le fond de son pantalon. À ce stade, l'ouvrage se démenait comme un beau diable pour tenter de fuir le derrière d'un homme qui n'avait pas pris de bain depuis des mois. D'ailleurs, dès que Maurice tira sur sa ceinture, il s'empressa de bondir à l'extérieur.

POF !

Il atterrit sur un vague reste de table basse.

Une paire de fesses était désormais gravée sur sa couverture en cuir.

M. Goodman regarda son doigt. En dépit de tout, le **CRUC** y était toujours accroché et le regardait haineusement de son œil unique. Il se produisit alors un phénomène des plus étranges. L'homme se mit à rire.

– Ha ! Ha ! Ha !

Ce n'était pas le genre de rire que l'on entend quand quelque chose est drôle. C'était plutôt le genre de rire que l'on entend quand quelqu'un devient dingo*.

– Maintenant, nous avons deux **CRUCS** ! Deux ! Deux ! Deux spécimens du pire animal de compagnie du monde. DEUX ! Ha ! Ha ! Ha !

* *Ou, pour utiliser un terme plus scientifique, « zinzin les moulinettes ».*

– Ouais, intervint Myrtille. J'en ai déjà un. Je n'en veux pas un autre.

– Ne sois pas impolie envers ton père, mon ange de perfection, la reprit sa mère.

– Ferme ta boîte à camembert ! rétorqua la fillette.

Mme Goodman se tut aussitôt.

– Prends-le, insista Maurice en tendant son doigt CRUQUÉ vers son enfant. S'il te plaît. Je t'en supplie.

– NON ! Les CRUCS, c'est d'un ennui mortel !

– D'un ennui mortel ?

– Ouais. Ça ne fait rien du tout. Je croyais que le mien allait détruire toute la maison, mais, au lieu de ça, il se contente de rouler comme un gros œuf poilu.

M. Goodman était abattu.

– Dans ce cas, s'il vous plaît, par pitié, est-ce que quelqu'un pourrait m'enlever ce fichu CRUC du doigt ? Ça fait un mal de chien.

– Oui, oui, oui, bien sûr, mon cher et tendre, répondit Maggie. Myrtille veux-tu bien être mignonne et m'aider à tirer sur le CRUC accroché au doigt de ton père, s'il te plaît ?

– NON ! Débrouille-toi toute seule, grosse feignasse !

Après un soupir, Mme Goodman agrippa le **CRUC** à deux mains. L'œil de la créature se tourna vers elle et la fixa d'un sale air.

– Vas-y, tire ! fit M. Goodman.

Mme Goodman tira d'absolument toutes ses forces, mais le **CRUC** ne bougea pas d'un centimètre.

– Tire !

Toujours rien.

– TIRE !

Rien.

La pauvre femme était épuisée.

– Je suis sincèrement désolée, Papa, mais je n'en peux vraiment plus ! soupira-t-elle.

Maurice eut alors une idée.

– Avons-nous des ***biscuits à la crème au beurre?***

– Non, répondit sa femme. Pas un. Nous en avions toute une boîte, mais l'autre **CRUC** les a dévorés en quelques secondes.

Cela donna une autre idée à Maurice.

– C'est probablement la seule façon de se débarrasser de ce satané truc! annonça-t-il. Avec un – il laissa un silence pour créer un effet –

BISCUIT!

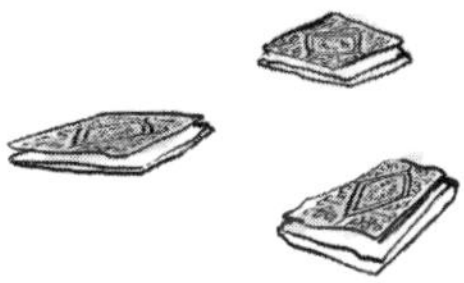

Chapitre 24

EN BON ANGLAIS

Au supermarché, à cause du **CRUC** qui était toujours accroché à lui, les gens regardaient M. Goodman plutôt bizarrement. Cependant, en bon Anglais, il préférait se comporter comme s'il était parfaitement normal d'avoir une boule de poils dotée d'un œil au bout du doigt.

Il saluait tout le monde en souriant.

– Bonjour !

En bons Anglais, les clients se dispensaient de tout commentaire. Ils se contentaient de lui adresser un petit sourire en retour et de s'éloigner aussi vite que possible.

Bien que beaucoup trop grande pour cela, Myrtille avait insisté pour s'installer sur le siège enfant du chariot.

– Je suis allergique à la marche ! avait-elle déclaré pendant que ses parents l'y installaient.

– Bon, où sont les ***biscuits à la crème au beurre?*** demanda M. Goodman.

– Je veux des chips ! exigea Myrtille.

– Non, nous n'achetons pas de chips aujourd'hui, mon chaton, répondit sa mère. Juste des ***biscuits à la crème au beurre*** afin de pouvoir enlever ce **CRUC** du doigt de ton pauvre père.

Myrtille n'avait absolument jamais obéi à ses parents et n'avait aucune intention de s'y mettre maintenant. Elle attrapa donc un paquet de chips géant et le jeta dans le chariot.

– Juste ce paquet, alors, lumière de ma vie, dit Mme Goodman. Rien d'autre.

T
C
H
I
N
G!

– ENCORE ! ENCORE ! ENCORE !

– Non, c'est fini !

– CHOCOLAT !

– Non, nous n'allons pas acheter de chocolat aujourd'hui, mon petit chou, répondit son père.

Myrtille s'empara de la plus grosse tablette de tout le rayon.

– Allez, ça suffit maintenant, mon petit cœur, dit M. Goodman tout en accélérant le pas afin d'arriver le plus rapidement possible au rayon des biscuits.

Le **CRUC** devait commencer à avoir faim. Peut-être sentait-il toute cette nourriture ? Son œil s'écarquilla et ses crocs s'enfoncèrent encore plus profondément dans le doigt de M. Goodman.

– GRRR !

– MOUBOUFOUMOUDOUDOU ! grommela M. Goodman sous l’effet de la douleur.

– ENCORE ! ENCORE ! ENCORE !

– J’ai dit que c’était fini, rappela Mme Goodman. S’il te plaît.

– BONBONS !

– Non, nous ne prenons pas de bonbons aujourd’hui, ma poupée ! bredouilla-t-elle encore en s’efforçant désespérément de suivre le chariot.

Son mari le poussait tellement vite que plusieurs vieilles dames durent bondir sur les côtés pour s’écarter de son chemin.

– Désolé ! lança-t-il à une malheureuse mamie qui venait d’atterrir dans un bac de congélation.

– Ne vous excusez pas ! répondit-elle. J'avais justement besoin de petits pois surgelés.

Pendant ce temps, Myrtille attrapait des sacs et des sacs de bonbons qu'elle jetait dans le chariot.

TCHING ! TCHING ! TCHING !

Le chariot fut bientôt plein à craquer de friandises.

– Fini les bonbons, ma puce ! dit M. Goodman, qui continuait de foncer le long de l'allée.

La souffrance commençait à lui faire tourner la tête. Il avait l'impression que le **CRUC** allait finir par lui sectionner le doigt.

– **GRRRRR !**

– TITITI-BOBOTI-BOU ! hurla M. Goodman.

Juste à ce moment-là, une vigile apparut au bout du rayon et s'écria :

– ARRÊTEZ CE CHARIOT !

Chapitre 25

LA VERRUE

Imprudemment, la vigile se planta pile sur la trajectoire du chariot lancé à toute allure. Et même si elle faisait STOP avec sa main, M. Goodman n'avait absolument aucun moyen de s'arrêter.

– DÉSOLÉ ! lança-t-il, hélas un peu trop tard.

BOÏNG !

Le chariot, dans lequel Myrtille était toujours assise, percuta la vigile et l'envoya valdinguer.

WIZZZ !

– AOUH !

– HA ! HA ! fit Myrtille.

– Ce n'est pas drôle, ma chérie, la sermonna sa mère.

– Non, ce n'est pas drôle, c'est hilarant ! répondit l'enfant. HA ! HA ! HA !

La vigile atterrit au rayon des fromages entre un *roquefort* et un **GOUDA**. Heureusement, un **munster**, un fromage à pâte molle, amortit sa chute.

PLAF !

– HOUMPF !

– Excellente sélection de fromages étrangers, nota M. Goodman en souriant.

Il espérait ainsi que la vigile ne parlerait peut-être pas du fait qu'elle venait de se faire renverser par un homme avec une boule de poils sur un doigt.

– Voudriez-vous bien m'expliquer où vous alliez à

cette allure de dingue ? demanda la vigile tout en frottant son derrière couvert d'une substance visqueuse et nauséabonde.

– Nous nous dirigions juste d'un pas tranquille vers les biscuits, répondit M. Goodman en pointant du doigt le rayon, ayant un instant oublié que le **CRUC** était toujours là.

– Oups ! fit-il.

– Qu'est-ce que c'est que ça ? l'interrogea la vigile.

– Qu'est-ce que c'est que quoi ? fit semblant de ne pas comprendre M. Goodman.

– Ce truc.

– C'est un **CRUC**, corrigea Myrtille.

– CHUT ! intervint sa mère.

– Les animaux domestiques sont strictement interdits dans le magasin, annonça la vigile.

– Ce n'est pas un animal domestique, mentit M. Goodman.

– Dans ce cas, voudriez-vous bien m'expliquer ce dont il s'agit ?

M. Goodman, qui n'était pas bon menteur, réfléchit un moment.

– C'est une verrue.

– UNE VERRUE ! s'exclama Myrtille. HA ! HA ! HA !

– CHUT ! fit encore sa mère.

La vigile ne semblait pas très convaincue. Elle se pencha donc pour examiner cette protubérance. Ses yeux se rétrécirent et son nez se plissa de dégoût.

– Si c'est une verrue, c'est la plus grosse, la plus poilue et la plus repoussante que j'aie jamais vue de toute ma vie.

– Merci, répondit M. Goodman. Ma verrue a déjà remporté plusieurs concours.

L'œil du CRUC s'ouvrit et se tourna vers la vigile.

– ET ELLE A UN ŒIL !

– C'est sûrement pour ça qu'elle a gagné.

Apparemment très perplexe, la vigile demanda :

– Mais quel genre de concours ?

– Des concours de **verrues**, évidemment. Elle a remporté le titre de verrue la plus poilue du Sud-Ouest britannique. J'ai eu un certificat et ma **verrue** a eu une médaille*.

Le **CRUC** avait dû entendre qu'on avait tenté de le faire passer pour une verrue, car il grogna et enfonça ses crocs encore plus profondément.

– GRRR !

– NANANANANANANANANANANANANANANANANANANANANANANA !

– Votre **verrue** vient de grogner ! s'écria la vigile.

– Ah bon ? Je n'ai rien entendu, mentit encore M. Goodman.

– Mais si, j'en suis certaine.

– GRRR !

– SUDOKU !

– Et voilà, ça recommence !

* *Les concours de verrues étaient très en vogue à l'époque médiévale. Avoir le visage entièrement couvert de verrues était alors considéré comme le summum de la beauté.*

– Les grosses **verrues** font du bruit, mentit une nouvelle fois M. Goodman. Rien d'inquiétant. Cela signifie simplement qu'elles grandissent. Et maintenant, si vous voulez bien nous excuser, ma **verrue** et moi, nous devons vraiment filer chercher ce paquet de ***biscuits à la crème au beurre***. Au revoir !

Sur ces mots, il lança son chariot devant lui et disparut dans son sillage.

WIZZZ !

Chapitre 26

UNE ÉRUPTION VOLCANIQUE DE LARMES, DE MORVE ET DE BAVE

De sa main libre, M. Goodman attrapa sans s'arrêter un paquet de ***biscuits à la crème au beurre*** et se rua vers la caisse la plus proche. Quand tous les articles que Myrtille avait mis dans le chariot furent passés sur le tapis roulant, la grincheuse caissière adolescente annonça:

– **Ça fait sept cent quatre-vingt-trois livres et cinquante-trois pence !**

Cela représentait un colossal tas de chips, de chocolats et de bonbons. Même pour Myrtille.

– Mais je n'ai pas assez d'argent sur moi, paniqua M. Goodman.

– Moi non plus, s'étrangla Mme Goodman en se tournant vers sa fille. Ma beauté, est-ce

que cela t'embêterait beaucoup si nous reposions un ou deux paquets de friandises ? D'accord ?

– NOOOOOOOOOOO
OOOOOOOOOOOOO
OOOOOOOOOOO
OOOOOOOOOO
OOOON !

hurla Myrtille.

Elle fit un tel vacarme que tout le supermarché l'entendit. En fait, elle fit tellement de bruit que tout le supermarché de la ville voisine l'entendit aussi. Bien sûr, timides et gentils comme ils l'étaient, M. et Mme Goodman n'avaient pas la moindre envie de se faire remarquer. Mais même le CRUC était contrarié. Il se mit à grogner…

– GGGGGGRRRRRR !!!!!!!

… et il ferma l'œil pour mordre encore plus fort le doigt de Maurice.

Le pauvre homme hurla de douleur.

– MINTIMUNTIMONTI !

Puis il remarqua que tous les regards étaient rivés sur lui.

– Toutes mes excuses, c'est juste ma **verrue** qui est en pleine poussée de croissance.

– **GRRR !**

Le **CRUC** n'apprécia pas du tout cette fausse excuse. Il enfonça ses crocs encore plus profondément.

– YABBADABBADOO ! s'écria M. Goodman. S'il te plaît, Myrtille, nous devons vraiment rentrer à la maison, et vite. Reposons seulement ce bidon de caramel spécial collectivités, d'accord ?

Et il entreprit de sortir l'article du chariot.

– TOUCHE PAS AU CARAMEL !

– Sinon quoi ? rétorqua M. Goodman.

– JE VAIS HURLER, HURLER ET ENCORE HURLER JUSQU'À ME FAIRE VOMIR SUR VOUS TOUS !

– C'est déjà arrivé, se souvint sa mère.

À ce stade, une longue queue était en train de se former derrière la famille Goodman. En bons Anglais, les clients mécontents ne se plaignaient pas ouvertement. Ils se contentaient de claquer de la langue en signe de désapprobation.

– **TIT !**

– **TIT !**

– **TIT !** tittaient les titeurs.

– Oh, non, murmura M. Goodman. Nous nous faisons titter. C'est affreusement embarrassant*.

– S'il te plaît, Myrtille, ne pourrait-on pas reposer juste un tout petit minuscule paquet de rien du tout ? supplia Mme Goodman en désignant un paquet de bonbons ordinaires.

– **OUUUUUUUUIIIIIIIIIIIIIIIIINNNNNNN !** brailla Myrtille.

* *La technique du « tit » fut inventée par le roi Tit, plus connu sous le nom de Titan-Camion, le célèbre pharaon égyptien. Quotidiennement, il venait surveiller la construction de sa pyramide et tittait très bruyamment chaque fois que l'un de ses esclaves s'accordait une pause-thé.*

Une éruption volcanique de larmes, de morve et de bave aspergea tout le monde. M. et Mme Goodman. Le **CRUC**. La caissière. Les gens qui faisaient la queue. Tout le monde était couvert de la tête aux pieds du mélange visqueux larmes-morve-bave expulsé par Myrtille.

– **GRRR !** grogna le **CRUC**.

– Grogneugneu, grogneugneu, râlaient les clients.

– C’est rafraîchissant, déclara Maggie, histoire de voir quelque chose de positif dans le fait de se faire copieusement emmorver*.

Avec toute cette pagaille, la directrice du magasin ne tarda pas à arriver au pas de charge.

– DEHORS ! DEHORS ! DEHORS ! SORTEZ IMMÉDIATEMENT DE MON SUPERMARCHÉ !

Malheureusement, le mélange visqueux larmes-morve-bave avait également couvert le sol, ce qui l’avait rendu aussi glissant qu’une patinoire. De ce fait, la pauvre femme perdit aussitôt une bonne partie de son autorité en chutant en arrière et en finissant son trajet sur les fesses.

W O U U U F !

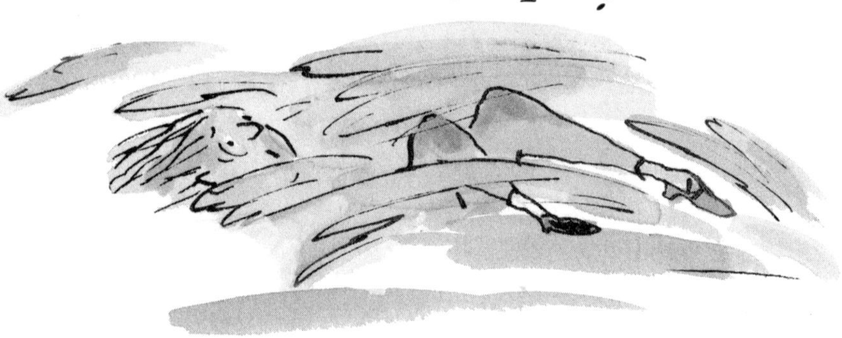

---

* *Mais si, « emmorver » est un mot qui existe. D’ailleurs, c’est un synonyme d’« emmucusser ».*

– HOULA !

Elle glissait si vite que son entrée en contact avec le chariot fit un grand…

BONK !

… et que le chariot partit à la vitesse de l'éclair…

WIZZZ !

Il fonça tout droit sur la vitrine du supermarché…

SMASH !

… ce qui envoya Myrtille et tous les articles voler dans la rue.

W O U F !

– Oh, misère, misère, fit Mme Goodman.

– Oh, misère, misère, misère, en effet, confirma M. Goodman.

Chapitre 27

LA FIÈVRE DES BISCUITS À LA CRÈME AU BEURRE

Dans la rue, Myrtille continuait à se goinfrer de chips tandis que le chariot dans lequel elle était assise slalomait entre les véhicules.

TÛT ! TÛT !

CRIIIIIIIII !

POUÊT ! POUÊT !

SHHHH !

– Arrêtez ce chariot ! cria M. Goodman par la fenêtre de sa petite voiture. Il contient des ***biscuits à la crème au beurre*** très importants !

– Et notre fille ! ajouta Mme Goodman.

– Ah oui, et notre fille.

– Méfions-nous des risques de représailles. Mieux vaudrait ne pas contrarier notre petit ange.

– Oui, Myrtille d'abord.

– Bien sûr !

En se faufilant dans la circulation, M. Goodman parvint à se placer parallèlement au chariot.

BRAOUM !

– Accroche-toi au capot ! ordonna-t-il à Myrtille.

– Je suis occupée, répondit-elle.

Pour être honnête, elle l'était véritablement puisqu'elle venait juste d'ouvrir le paquet de **biscuits à la crème au beurre**.

– Ne les mange pas tous, ma petite fleur ! la supplia M. Goodman en même temps qu'il tendait le bras pour essayer d'agripper le chariot. J'en ai besoin pour le **CRUC** !

– **GRRR!** fit ce dernier, alors que son œil venait de se river sur les biscuits.

Il succomba aussitôt à LA FIÈVRE DES BISCUITS À LA CRÈME AU BEURRE.

– GRRRRRRRRRRRRRRR !

Et il lâcha enfin le doigt de Maurice.

– **GRRR !**

– Mon index est toujours là ! s'exclama ce dernier tout en inspectant ses profondes blessures.

Le **CRUC** bondit de la voiture en marche et atterrit dans le chariot.

BOÏNG !

– **GRRR !**

Puis il roula sur les paquets d'aliments…

FLITCH ! FLITCH ! FLITCH !

… avant de se jeter sur la fillette pour lui arracher son biscuit des mains.

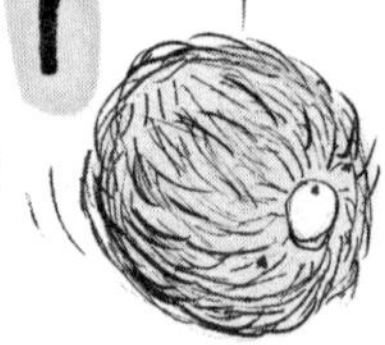

GRUMPF !

– VIRE-TOI DE MOI, SALETÉ DE BESTIOLE RÉPUGNANTE ! vociféra Myrtille, en envoyant la créature voler d'une main et reprenant un ***biscuit à la crème au beurre*** de l'autre.

Hélas pour elle, avec toute cette agitation, elle ne vit pas ce qui se trouvait juste devant elle.

Un bus à étage, au milieu de la route.

M. Goodman appuya à fond sur la pédale de frein de sa petite voiture.

CRIIIII !

Et il s'arrêta net.

Son visage et celui de son épouse vinrent s'écraser contre le pare-brise.

SPOUITCH !

– MYRTILLE ! ATTENTION ! hurla Mme Goodman.

Mais trop tard.

Le chariot de supermarché rentra dans le bus.

BOUM !

En un clin d'œil, tout le contenu du chariot se retrouva projeté dans les airs au-dessus du bus.

WIZZZ !

Custard Creams
CHEZ RAJ
ACHETEZ 100 BISCUITS À LA CRÈ

U BEURRE*
*Miettes offertes !
Faites vite !
Il n'y en aura pas
pour tout le monde.

Bouche bée, M. et Mme Goodman remarquèrent que leur fille continuait à manger son biscuit pendant qu'elle tourbillonnait dans les airs.

– GRUMPF !

Jusqu'à ce qu'elle atterrisse sur la route dans un bruyant…

BADABAM !

Chapitre 28

GLOUPS !

M. et Mme Goodman récupérèrent Myrtille, le **CRUC** et toute la nourriture étalée sur la route, puis fourrèrent le tout à l'arrière de leur petite voiture avant de rentrer chez eux. Mais quand ils ouvrirent le coffre à leur arrivée, ils découvrirent que le **CRUC** ne s'était pas contenté de dévorer les ***biscuits à la crème au beurre***.

– Oups ! fit M. Goodman.

– Oups, en effet ! fit Mme Goodman.

Oh, non.

Le **CRUC** avait mangé toutes les chips, tout le chocolat et tous les gâteaux. Le tour de sa bouche était couvert de chocolat. Enfin, disons qu'il s'agissait sûrement de sa bouche. Et disons aussi qu'il s'agissait sûrement de chocolat. Quoi qu'il en soit, après avoir englouti toute la montagne de nourriture en provenance du supermarché, le **CRUC** venait d'entamer le pneu de la roue de secours*.

MIAM !

Après tout ce qu'il venait d'ingurgiter, le **CRUC** avait forcément beaucoup grossi. Il faisait maintenant à peu près la taille d'un ballon sauteur. Et comme tout ballon sauteur digne de ce nom, il rebondissait.

BOÏNG !

Il rebondit en sortant du coffre.

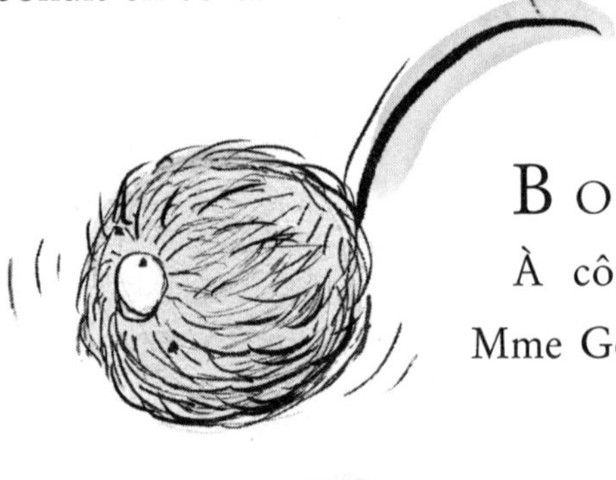

BOÏNG !

À côté de M. et Mme Goodman.

BOÏNG !

Le long de l'allée.

* *Les pneus ne sont généralement pas appréciés des gastronomes, à cause de leur tendance à être un peu caoutchouteux.*

BOÏNG!

Jusqu'à ce qu'il arrive à la porte.

BOÏNG!

Évidemment bloqué, il se mit à se jeter contre elle encore et encore.

BOÏNG! BOÏNG! BOÏNG!

Les BOÏNG! étaient toujours plus puissants.

BOÏNG! BOÏNG! BOÏNG!

– Juste un instant, s'il te plaît, **CRUC**! lança Mme Goodman. Je t'ouvre dans une seconde.

Ne parlant malheureusement pas le **CRUC**, elle ne put rien faire de plus que courir vers la créature en faisant tinter ses clés. Mais juste au moment où elle s'apprêtait à en glisser une dans la serrure…

BOÏNG! BOÏNG! BOÏNG!

… le **CRUC** fit sortir la porte de ses gonds.

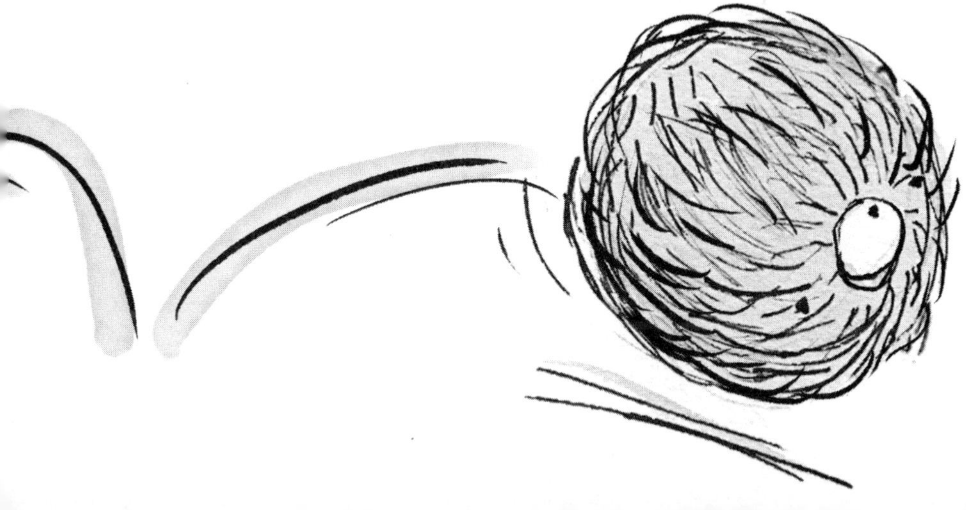

BLAM !

Et celle-ci tomba à l'intérieur de la maison.

BOUM !

– Ah ! Je vois que tu as déjà réussi à ouvrir, dit Mme Goodman d'un ton aussi joyeux que possible.

Pendant ce temps, M. Goodman était en train de porter Myrtille, qu'il venait de sortir de la voiture. Durant les quelques semaines qu'avait duré son périple, sa fille avait sacrément pris du poids.

– Ouille, mon dos ! gémit-il. Tu veux bien faire les deux ou trois derniers pas jusqu'à la maison toute seule, petite fleur ?

– NON !

– Bon, je vais faire de mon mieux, alors.

Mais quand il passa en titubant près du coffre de la voiture, Myrtille s'aperçut que tous les emballages avaient été vidés de leur contenu.

– OÙ EST PASSÉE MA BOUFFE ?

– Ma petite chérie, j'ai quelque chose d'assez contrariant à t'annoncer...

– QUOI ?

– J'ai bien peur que le **CRUC** ait tout mangé.

– NOOOOOOOOON !

– En fait, il n'a *pas tout à fait* fini le pneu

de la roue de secours. Si ça te dit d'en grignoter un bout...

– OUIIIIIIN !

Chapitre 29

GROS CRUC RENCONTRE PETIT CRUC

Et maintenant, chers lecteurs, je vais enfin avoir le plaisir de vous raconter une scène qui fait chaud au cœur. Dans le salon, le CRUC de la jungle bondissait joyeusement près de la cage du CRUC de l'animalerie.

BOÏNG ! BOÏNG ! BOÏNG !

Mme Goodman en était tout émue.

– Comme c'est mignon ! s'émerveilla-t-elle. Gros CRUC est impatient de rencontrer Petit CRUC !

Sorti de sa litière de papier journal, Petit CRUC appuyait sa bouche (ou peut-être son autre orifice*) contre les barreaux de sa cage, sur laquelle Gros CRUC donnait de petits coups en sautillant.

---

* *Nous ne le saurons jamais.*

– IIK ! IIK ! IIK ! couinait-il.

BOÏNG ! BOÏNG ! BOÏNG !

TING ! TING ! TING !

M. Goodman entra alors péniblement dans la pièce avec sa fille dans les bras et déposa celle-ci sur le canapé.

Un nuage de poussière envahit la pièce.

– Ces deux adorables créatures vont devenir de grandes amies ! s'enthousiasma Mme Goodman. Regarde, Myrtille.

– QUOI ?

– Puisque ces animaux sont à toi, tu devrais peut-être présenter Gros **CRUC** à Petit **CRUC** ?

– DESSINS ANIMÉS !

– Maintenant ?

– MAINTENANT !

Mme Goodman soupira et alluma la télévision. Myrtille riva son regard sur l'écran et commença à se curer machinalement le nez.

– Pour avoir lu consciencieusement tous les ouvrages consacrés au comportement des animaux* de la **BIBLIOTHÈQUE**, je sais que lorsqu'on en présente un à un autre, il est préférable de procéder lentement, commença Mme Goodman.

– Excellente remarque, Maman, approuva M. Goodman.

– Merci infiniment, Papa. Tiens donc Gros **CRUC** pendant que je sors doucement Petit **CRUC** de sa cage.

En s'accroupissant, M. Goodman coinça accidentellement sa longue barbe derrière ses genoux.

– AÏE !

– Ça va ?

– Oui, oui, ça va ! répondit-il sèchement, juste avant

---

* *Le meilleur ouvrage sur la façon de présenter des animaux domestiques les uns aux autres s'intitule judicieusement* Comment présenter des animaux domestiques les uns aux autres.

de plaquer Gros CRUC au sol pour l'empêcher de rebondir.

– GRRRRR !

Pendant ce temps, Mme Goodman ouvrit doucement la cage de Petit CRUC.

TWANG !

– IIK ! IIK ! IIK !

– Bien, dit-elle tout en plongeant le bras dans la cage. Pour commencer, je vais juste les approcher l'un de l'autre pour qu'ils se flairent.

Elle enveloppa Petit CRUC, qui faisait juste la taille d'une bille, dans le creux de sa main. Et, doucement, doucement, tout doucement, elle posa la créature devant le nouveau membre de la famille. Les yeux de Petit CRUC s'écarquillèrent.

– Petit CRUC, je te présente Gros C…

Avant qu'elle ait eu le temps de dire « RUC », Gros CRUC échappa à Maurice et bondit…

– GRRRRRRRRRRRRRRRRRR !

BOÏNG !

… et…

GRUMPF !

… ne fit qu'une bouchée de Petit **CRUC**.

GLOUPS !

– Euh, cela ne devait pas exactement se passer comme ça, dit Mme Goodman.

BURP !

En fait, cette scène ne fait peut-être pas aussi chaud au cœur que prévu. Désolé.

Chapitre 30

REDIFFUSION INSTANTANÉE

– Myrtille chérie ? dit Mme Goodman.

– QUOI ? répondit celle-ci, toujours scotchée à son écran de télé.

– C'est Petit CRUC. Je ne sais pas comment te l'annoncer... Il s'est fait... euh...

– QUOI ?

– ... dévorer.

– NOOOOOOOOOOOOOOOOOOOON !!!!! hurla la fillette.

– Nous aurions dû appeler un psy spécialisé dans le deuil des animaux domestiques, chuchota son père.

– Mon pauvre petit ange, s'apitoya sa mère. Tu dois être bien triste.

– OUAIS ! s'écria Myrtille. Je suis triste d'avoir raté ça !

– Pardon ?

– JE VEUX UNE REDIFFUSION INSTANTANÉE !

– Une quoi ?

– AH, TU M'ÉNERVES ! Force **Gros CRUC** à le vomir et à le redévorer.

Les yeux embués, Mme Goodman porta son mouchoir à sa bouche. Elle n'avait jamais rien entendu d'aussi révoltant.

– Non ! répondit-elle fermement. Nous ne pouvons certainement pas faire cela.

– Alors, ferme ta boîte à camembert ! Et laisse-moi regarder mon **DESSIN ANIMÉ** tranquille.

– Bien sûr, mon ange. Je suis vraiment désolée de t'avoir dérangée.

– LA FERME !

Mme Goodman se tourna alors vers M. Goodman. Elle remarqua que quelque chose n'allait pas du tout.

– Papa ?

– Oui, Maman ?

– Où est passé le **CRUC** ?

Maurice balaya le salon du regard. La créature ne semblait pas s'y trouver.

– Oh, non. Je ne sais pas !

BANG !

Il était là !

En train de défoncer la porte de la cuisine.

– Il a sûrement encore faim, supposa Maurice.

Sur ces mots, il se précipita avec sa femme sur les lieux et ils y découvrirent, horrifiés, que le **CRUC** était en train de tout saccager en cherchant de la nourriture.

– **GRRRRRRRRRRRRRRRRRR !**

Des assiettes se fracassaient par terre. BLING BLANG !

Des marmites et des poêles volaient en tous sens.

Des verres éclataient en mille morceaux.

BIDING !

À l'aide d'un de ses orifices, le **CRUC** ouvrit la porte du frigo...

CLIC !

... puis engloutit tout son contenu.

GRUMPF ! MIAM ! GLOUPS !

– Empêche-le ! hurla Maggie. Je gardais ces mousses au chocolat pour le goûter de Myrtille.

TROP TARD !

SLURP !

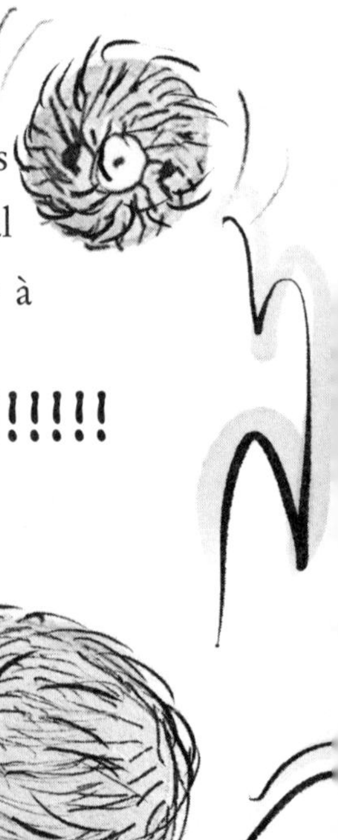

Terminé en moins d'une seconde.

Maurice tenta d'attraper le **CRUC** tandis qu'il bondissait hors du frigo mais l'animal le percuta de plein fouet et le fit tomber à la renverse.

– GGGGGGGRRRRRRRRRR !!!!!!!

POF !

– OUILLE !

BOUM !

– Non ! cria Maggie.

Elle fonça vers le **CRUC** pour le coincer.

– Je n'en crois pas mes yeux, je suis assise sur le **CRUC** ! s'exclama-t-elle.

– GRRR !

La créature la regarda de façon menaçante, puis se mit à rouler dans tous les sens pour tenter de lui échapper.

– GRRR !

GRRR !

GRRR !

Mais Maggie continuait de lui appuyer dessus avec ses fesses.

– PRENDS ÇA !

Tout à coup, le **CRUC** cessa totalement de bouger.

– Oh, non !

Je l'ai tué !

s'affola Mme Goodman.

CINQUIÈME PARTIE

BRAOUM !

Chapitre 31

UN TRUC DE CRUC PESTILENTIEL

Le silence régna, jusqu'à ce que la créature ferme son œil unique pour se concentrer et finisse par produire un bruit assourdissant.

FWARTT !

Cela fut aussitôt suivi du lâcher d'une énorme crotte.

BAM !

En fait, elle était tellement énorme qu'elle était plus grosse que le **CRUC** lui-même.

Tout en se relevant, M. Goodman contempla la chose.

– Mais comment est-ce même possible ?

– Je ne sais pas, répondit sa femme. En tout cas, nous savons quel orifice correspond à quoi. Et ce pauvre petit **CRUC** qui doit être quelque part là-dedans…

– Euh, à ce stade, j'ai bien peur qu'il n'y ait plus grand espoir pour lui, Maman, dit Maurice en s'approchant de sa femme pour regarder avec elle.

– Non.

– Non, en effet.

La pièce fut soudain envahie par une odeur tellement atroce que la peinture commença à se décoller des murs*.

C'était tellement pestilentiel que même le **CRUC** en avait la larme à l'œil. Mme Goodman se couvrit le bas du visage avec son mouchoir.

– Le truc du **CRUC** est infect.

– Ne t'inquiète pas, Maman, je vais nettoyer ça ! répondit Maurice, qui alla chercher la balayette et la pelle dans le placard.

Cependant, dès qu'il les eut sorties, il comprit qu'elles étaient risiblement trop petites pour la tâche.

– Laisse-moi faire ! intervint Maggie.

Et, retenant bien sa respiration, elle poussa la crotte jusque dans le jardin.

BADOUM !

BADAM !

BADIM !

– Voilà ! lança-t-elle en se frottant les mains, une fois sa mission accomplie.

– Bravo, Maman.

– Merci, Papa.

---

* *ASTUCE BRICOLAGE : bon marché, la crotte de CRUC peut avantageusement remplacer le dissolvant à peinture.*

M. et Mme Goodman se tournèrent ensuite vers le **CRUC**, qui était maintenant occupé à dévorer toutes les sortes de céréales dont disposait la famille pour ses petits déjeuners, boîtes, et tout le reste compris.

GRUMPF ! CROC ! MUMPF !

Et il grossissait,

et grossissait,

et grossissait encore.

– BURP !

– Que diable allons-nous bien pouvoir en faire ? demanda Maurice.

Maggie réfléchit un moment.

– Pourrais-tu le ramener ?

– Le ramener ?

– Oui, là où tu l'as trouvé.

– J'ai failli mourir en y allant !

– J'ai peur de ce qui pourrait arriver à Myrtille si ce satané **CRUC** restait. Si jamais il faisait ses besoins sur elle, elle serait enterrée vivante.

M. et Mme Goodman semblèrent un instant perdus dans leurs pensées. Un instant seulement. Ils étaient bien trop gentils pour se laisser distraire par cette image plus longtemps.

Puis Maurice eut une idée.

– Et si nous l'enfermions dans l'abri de jardin ?

– Myrtille ?

– Non, le **CRUC**.

– Oui, oui, bien sûr, j'avais compris. Je crois que c'est une excellente idée, Papa.

– Merci infiniment, Maman.

– **GRRR !** ajouta le **CRUC**, tandis que son œil unique rétrécissait.

La créature n'appréciait pas du tout ce plan. Elle détala donc aussitôt de la cuisine pour filer dans le couloir.

BOÏNG!

BOÏNG!

BOÏNG!

– Oh, non!

s'écria Maurice.

Il s'enfuit!

Chapitre 32

FOURRURE ÉLECTRIQUE

Tandis que leur fille continuait à regarder tranquillement ses **DESSINS ANIMÉS** dans le salon, M. et Mme Goodman poursuivaient le **CRUC** à travers toute la maison.

L'animal gravissait
l'escalier
en rebondissant…

BOÏNG !

BOÏNG !

BOÏNG !

… et en faisant tomber
les tableaux
des murs.

– GRRRRRRRRRRRRRR !

Il atterrit dans la chambre des parents et se mit à sauter sur le lit.

BoïnG!

BoïnG!

BoïnG!

Le lit se brisa en deux. CRAAAC!

– GRRRRRRRRRRRRR!

– PAR PITIÉ, **CRUC**, NON! s'écrièrent M. et Mme Goodman.

Mais c'était peine perdue.

BoïnG! BoïnG! BoïnG!

La créature entra dans la salle de bains et se mit à sauter sur les toilettes.

BoïnG!

BoïnG!

BoïnG!

Et la cuvette céda.

CRAC! CRUCNCH! BIDING!

– GRRRRRRRRRRRRRRRR!

– NON!

Des trombes d'eau jaillirent de ce qu'il restait des toilettes.

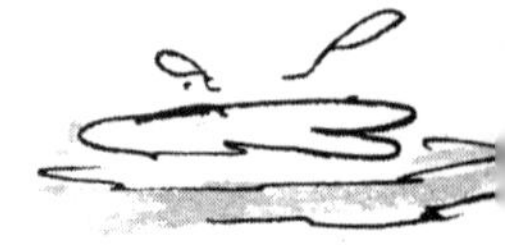

PLAF !

M. et Mme Goodman étaient trempés jusqu'aux os.

– BEUÂRK !

BOÏNG ! BOÏNG ! BOÏNG !

L'animal bondit ensuite dans la chambre de Myrtille, où il réduisit tout en pièces.

PING ! BAM ! VLAN !

– GRRRRRRRRRRRRRRR !

Haie radiocommandée. Fichue.

Colonne Nelson en raisins secs. Écroulée.

Roue de hamster en or massif. Détruite.

Noix géante gonflable. Éclatée.

Centrifugeuse à wombats. En mille morceaux*.

– ARRÊTE, CRUC !

NOUS T'EN SUPPLIONS ! hurla Maggie.

---

* *Une bonne nouvelle pour les wombats, qui n'aiment généralement pas se faire transformer en jus. Ça vous plairait, à vous ?*

– GRRRRRRRRRRRRRRRRRRR !

À court de choses à détruire à l'étage, le **CRUC** retourna au rez-de-chaussée.

BOÏNG ! BOÏNG ! BOÏNG !

Lancé à pleine vitesse, il se jeta contre la porte du salon…

CHBAM !

… et la fit voler en éclats.

CRAAAC !

– GRRRRRRRRRRRRRRR !

Puis il partit en direction de Myrtille, affalée sur le canapé…

BOÏNG ! – OUILLE !

… avant de s'arrêter en s'encastrant contre l'écran.

CRASH !

BZZZZ !

Et la télé explosa.

BRAOUM !

– AH ! hurla la fillette. JE NE PEUX PLUS REGARDER MES DESSINS ANIMÉS, MAINTENANT !

Quand ses parents arrivèrent en courant dans le salon, ils trouvèrent le **CRUC**, tout roussi, en train de s'extraire du téléviseur avec un bruit de bouchon qui saute.

PLOP !

De l'électricité crépitait sur toute sa fourrure.

– VIREZ-MOI CE **CRUC** D'ICI ! ordonna Myrtille en tapant des pieds de colère.

BLAM !

BLAM !

BLAM* !

M. et Mme Goodman profitèrent que la créature soit sonnée pour tenter leur chance.

* *Myrtille n'avait que deux pieds, pas trois. Elle tapa une fois du pied droit et deux fois du pied gauche, ce qui explique les trois coups. Toutes mes excuses pour le manque de clarté. Si Myrtille avait eu trois pieds, j'en aurais sûrement parlé plus tôt, non ?*

– MAINTENANT ! lança Maggie.

Ils se ruèrent sur le **CRUC** et l'entraînèrent dans le jardin. Puis ils le poussèrent de toutes leurs forces dans l'abri de jardin, qu'ils fermèrent aussitôt à clé.

Main dans la main, ils se hâtèrent de retourner à la maison. Ils étaient alors loin de se douter des horreurs qui les attendaient pour la nuit à venir.

HIN ! HIN ! HIN ! HIN* !

* *Rire cruel.*

Chapitre 33

LE CAUCHEMAR

BRAOUM !

Le bruit de l'explosion réveilla toute la rue.

M. et Mme Goodman se redressèrent droit dans leur lit, comme s'ils venaient de faire un cauchemar.

– Qu'est-ce que c'était, Maman ?

– Je ne sais pas, Papa.

– L'un de nous devrait aller voir.

– Oui.

Un silence gênant régna un moment. Bien entendu, aucun d'eux n'avait envie d'aller voir.

– Alors, ça va encore être moi, c'est ça ? demanda Maurice.

– Oui ! **Mon héros !**

– C'est vrai. J'avais presque oublié que j'étais devenu un héros.

M. Goodman avala sa salive, enfila ses pantoufles et sa robe de chambre, puis descendit l'escalier sur la pointe des pieds. Enfin, lentement, sans faire de bruit, il ouvrit la porte de derrière.

Un éclat de bois qui se trouvait à ses pieds lui sembla étrangement familier. En avançant sur le gazon, il constata qu'il y en avait d'autres, de plus en plus nombreux.

– Ils ressemblent à s'y méprendre à des morceaux de l'abri de jardin, dit M. Goodman.

Et il ne tarda pas à se trouver exactement là où l'abri de jardin aurait dû être. Sauf qu'il n'y était pas.

Pire encore, le **CRUC** n'y était pas non plus.

DOUM !

DOUM !

DOUM*!

Toutes les affaires que Maurice rangeait dans l'abri de jardin avaient également disparu. Les pots de fleur, l'arrosoir, la bêche, le râteau et même la tondeuse. C'est à ce moment précis qu'il comprit ce qui s'était passé.

– NOM D'UN CHIEN !

– Comment ça va, Papa ? demanda Maggie par la fenêtre.

– Pas trop bien, Maman.

– Pourquoi cela ?

* *Musique qui fait peur. Là encore, comme pour le rire cruel, cela fonctionne mieux quand on lit à haute voix.*

– Je crois que le **CRUC** a dévoré notre matériel de jardinage, et qu'il a grossi jusqu'à faire exploser l'abri !

– Oh, non !

– Oh, si.

– Alors, où est le **CRUC**, maintenant ?

– Je ne sais pas.

SCHLONK !

Une fenêtre coulissante s'ouvrit et Myrtille se mit à hurler en direction du jardin.

– ALLEZ-VOUS LA FERMER, OUI ? Y EN A QUI ESSAIENT DE DORMIR, ICI !

– Désolé, mon petit cœur, répondit son père. Cela me fait beaucoup de peine de devoir t'annoncer de mauvaises nouvelles.

– QU'EST-CE QU'IL Y A, ENCORE ?

– Eh bien, euh, tu vois…

– ALLEZ, CRACHE LE MORCEAU !

– Le **CRUC** s'est échappé.

– BON DÉBARRAS ! s'écria la fillette. Je le déteste ! Il a détruit toutes mes affaires. J'espère que ce fichu **CRUC** va se faire renverser par un camion !

CRIIIIII !

Un grand crissement de pneus retentit dans la nuit.

BOUM !

Puis, au-dessus de sa tête, Maurice vit un camion traverser le ciel comme une fusée.

ZOUM !

Avant de s'écraser sur le toit de leur maison.

BOUM !

– On dirait bien que c'est plutôt le contraire qui s'est produit, dit M. Goodman.

Chapitre 34

TERREUR SUR LA VILLE

Au prix d'incroyables efforts, Mme Goodman réussit à sortir Myrtille de la maison tandis que celle-ci s'effondrait.

CRASH! BLAM! PADAM!

En un rien de temps, il n'en resta plus qu'un tas de briques.

– Oups, fit M. Goodman.

– Oups, en effet, confirma Mme Goodman.

– OUIIIIIIN ! brailla Myrtille. Mes affaires ! Toutes mes affaires sont cassées !

Parmi les décombres, M. Goodman remarqua un bocal.

– Tout n'est pas perdu, Myrtille, tenta-t-il de la réconforter. Tu as toujours ton rot d'Albert Einstein en bocal.

Et tout en parlant, il dévissa le couvercle pour sentir à l'intérieur*.

– NOOOOON ! hurla la fillette en lui arrachant l'objet des mains. Tu l'as laissé s'échapper.

– Oh, désolé, fit M. Goodman, qui s'efforçait vainement de remettre le rot invisible à l'intérieur du récipient.

Mme Goodman glissa alors sur quelque chose.

– Oups !

M. Goodman tendit la main pour la rattraper.

Ce faisant, il s'aperçut que **LE GRAND LIVRE DES MONSTRES** était en train d'essayer de se dégager des décombres.

* *Les rots du célèbre physicien Albert Einstein sentaient surtout l'oignon frit.*

– ATCHOUM ! fit l'ouvrage, à cause de la poussière.

– Grâce au ciel, **LE GRAND LIVRE DES MONSTRES** n'est pas perdu ! Je vais pouvoir le rendre à la **BIBLIOTHÈQUE** dès la première heure demain matin. Les amendes s'accumulent ! J'en suis déjà à 15 pence.

En ramassant le livre, Maurice vit que quelque chose se dirigeait vers eux.

– REGARDE ! s'écria Maggie.

Le **CRUC** faisait maintenant la taille d'une petite lune.

– **GRRR !** grogna-t-il.

Puis, tel un ballon de basket meurtrier, il se mit à bondir le long de la route.

BOÏNG ! BOÏNG ! BOÏNG

– **GRRRRRRRRRRRRRR !**

Il détruisait tout sur son passage.

Il écrasait les voitures.

CRAAAAC !

Il pliait les lampadaires.

TWONG !

Et réduisait les arbres en copeaux.

BAMP ! BOMP ! BOUMP !

Réveillés par le bruit, les voisins des Goodman ouvrirent leurs fenêtres et découvrirent une énorme boule de poils en train de sauter partout.

– AU SECOURS ! s'écria l'un d'eux.

– APPELEZ LA POLICE ! lança un autre.

– ARRÊTEZ CETTE ÉNORME BOULE DE POILS ! hurla Raj, le marchand de journaux, qui habitait aussi dans cette rue. **ET AMENEZ-LA À MON MAGASIN ! J'AI PLEIN D'OFFRES SPÉCIALES*** !

* *Raj est toujours contrarié s'il n'apparaît pas dans mes romans. Voilà, c'est fait. Content, maintenant ?*

Tom, un garçon blond qui vivait un peu plus bas, arriva en courant dans la rue pour voir l'étrange créature de plus près.

– Cool ! fit-il.

Ce qui était moins cool, en revanche, c'est que le **CRUC** s'apprêtait à se jeter sur lui.

WOUF !

– **GRRRRRRRRRRRRRR !**

Eden, son golden retriever, se précipita à son secours et le tira sur le côté à la dernière seconde.

HOP !

M. et Mme Goodman faisaient les cent pas sur les ruines de ce qui avait été leur maison, hébétés par l'ampleur de la catastrophe.

– Je pense qu'il vaut mieux ne pas dire que le **CRUC** est à nous, proposa M. Goodman.

– Nous devons nous comporter de façon exemplaire devant Myrtille, le contredit sa femme. Nous sommes des modèles pour elle, des modèles qu'elle respecte énormément.

– Pas du tout, rétorqua sèchement la fillette.

– Bon, fit Maggie. Mais ce n'est pas une raison pour laisser le **CRUC** détruire toute la ville, tout le pays et toute la planète ! Nous devons le poursuivre !

– Oh, non, fit M. Goodman en se tournant vers ce qu'il restait de sa voiture.

Les vitres étaient fissurées, le capot était cabossé et l'une des portières pendait sur le côté.

– Moi, je retourne au lit ! annonça Myrtille.

– Tu n'en as plus, lui rappela sa mère.

– **AH, OUI… C'EST VRAI…**

M. et Mme Goodman déposèrent leur fille sur le siège arrière de la voiture et s'élancèrent dans la nuit.

Chapitre 35

DES POURSUIVANTS POURSUIVIS

M. Goodman mit les essuie-glaces en route pour faire tomber quelques briques, puis appuya sur le champignon pour rattraper le **CRUC**.

VRAOUM !

BLAMBADAM !

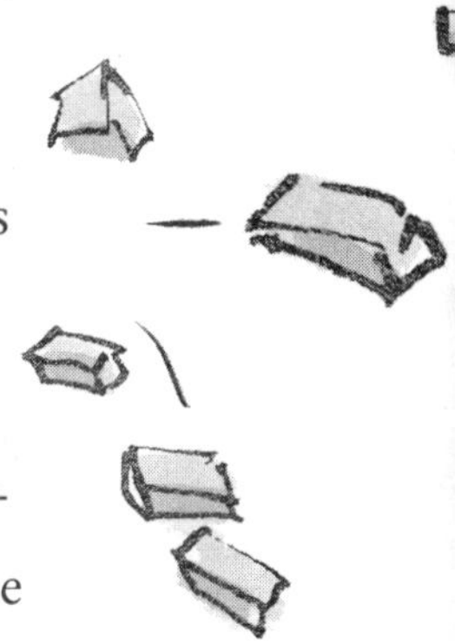

Sur son passage, la créature faisait voler toutes sortes d'objets qui retombaient sur le véhicule.

Un vélo traversa le pare-brise.

– Ah, un peu d'air frais ! dit Mme Goodman, qui, comme à son habitude, s'efforçait de voir le bon côté des choses.

– PLUS VITE ! PLUS VITE ! PLUS VITE ! hurla Myrtille sur le siège arrière. **ENCORE ! ENCORE ! ENCORE !**

– Je suis déjà presque à trente à l'heure ! protesta Maurice.

– J'AI DIT PLUS VITE ! vociféra la fillette en assenant un coup de chausson sur la tête de son père pour mieux se faire comprendre.

PAF !

– OUILLE !

- ENCORE ! ENCORE ! ENCORE !

Le pied de Maurice écrasa l'accélérateur et son bolide atteignit alors la vitesse prodigieuse de quarante-cinq kilomètres/heure.

VRRRAAAOOOUUUM !

Du coup, la voiture dépassa carrément le **CRUC**.

– Mais où est-il donc passé ? dit Maggie en passant la tête par la fenêtre.

Maurice regarda dans son rétroviseur.

– Il est derrière nous !

BAOM !

Le **CRUC** atterrit tellement fort sur le toit de la petite voiture que celle-ci éclata littéralement.

CLANK ! CLONK ! CLINK !

Les Goodman continuèrent cependant à glisser sur la route, chacun sur son siège.

WIZZZ!

Maurice s'agrippait toujours à son volant, bien que ce dernier ne soit plus attaché à rien.

– Maman, je crois bien que notre voiture va avoir besoin de quelques petites réparations, dit-il en voyant l'une des roues arrière le dépasser.

BOLOMBOLOM !

Comme si cela n'était pas déjà assez humiliant, Myrtille lui jeta un chausson derrière la tête.

PAF !

– ARRÊTE CETTE VOITURE ! ordonna-t-elle.

M. Goodman appuya à fond sur la pédale de frein. Mais comme il n'y en avait plus, son pied frottait directement la route.

– ARGH !

Sous l'effet de la friction, sa pantoufle se consuma et son pauvre pied se mit à devenir d'un rouge aussi luisant que de la lave en fusion. Cependant, cela lui permit tout de même de ralentir, et Myrtille le percuta par l'arrière.

VLAN !

– HOUMPF !

Puis, à leur tour, ils percutèrent Maggie.

BLAM !

– AÏE !

La famille Goodman n'était plus maintenant qu'une sorte de tas informe posé au beau milieu de la route.

– Cela aurait pu être pire, estima Maggie.

Myrtille, qui se trouvait tout en dessous, ne partageait pas cet avis.

– Vous m'écrasez, espèces de grosses baleines !

M. et Mme Goodman se laissèrent rouler sur le côté, et Myrtille regarda au-dessus d'elle.

– Oh, non ! grommela-t-elle en voyant l'œil du **CRUC**

s'exorbiter de joie,

une seconde avant de

s'écraser

pile

sur

elle.

Chapitre 36

UN ÉNORMANTESQUE COUP DE PIED AU DERRIÈRE

M. et Mme Goodman attrapèrent chacun un bras de leur fille pour la mettre en sécurité. Mais étant donné qu'ils tiraient chacun dans une direction opposée,

Myrtille n'allait nulle part. Juste au moment où le **CRUC** allait lui foncer dedans et en faire de la purée, la fillette lui donna un coup de pied d'une puissance inouïe.

– PRENDS ÇA, SALE BÊTE !

– GRRRR !

Il était impossible de savoir quel côté son pied avait touché. Cela pouvait aussi bien être la bouche que le derrière*.

Quoi qu'il en soit, ce fut très efficace. Le **CRUC** partit dans les airs…

WIZZZ !

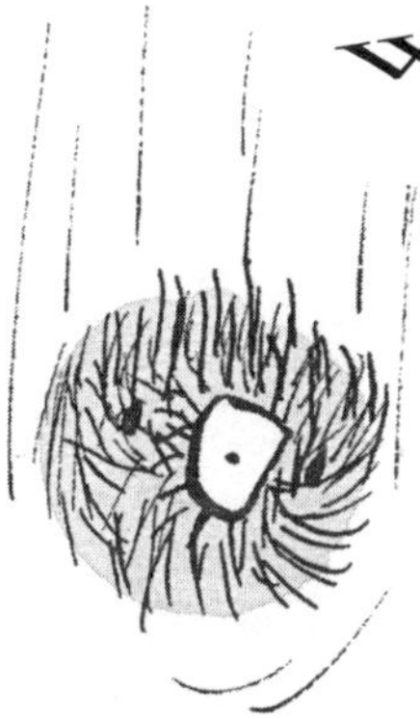

… et retomba plusieurs mètres plus loin.

PLOP !

L'air plutôt penaud, il roula jusqu'au bout de la route, où il s'arrêta et laissa échapper un petit cri plaintif.

– YAP ! YAP ! YAP !

Une grosse larme, de la taille d'un ballon de foot, se forma dans son œil avant de couler sur sa fourrure.

---

* *Personnellement, je ne me serais risqué à aucun des deux.*

– HA ! HA ! se moqua Myrtille. Ce n'est rien qu'un gros chat trouillard* !

Se sentant soudain invincible, la fillette s'avança vers la créature d'un pas aussi lourd que décidé.

PADAM ! PADAM ! PADAM !

– Si j'étais toi, je ne m'en approcherais pas, l'avertit son père.

– Reviens, s'il te plaît, mon petit lapin, la supplia sa mère.

– FERMEZ-LA ! leur répondit aimablement Myrtille. Je vais lui donner un autre énormantesque coup de pied au derrière ! Et cette fois, ça va vraiment faire mal !

– GRRRRRRRRRRRR ! grogna le **CRUC**, l'œil plissé.

Mais cette fois, il était prêt. Quand la fillette leva la jambe, sa bouche s'ouvrit. (Là, nous partirons du principe qu'il ne s'agissait pas de son derrière.)

GROMP !

Et elle se referma sur sa cheville.

---

* *Sachant que les chats qui lisent ces pages vont encore me reprocher mes propos antifélinistes, je leur présente tout de suite mes excuses.*

– ARGH ! hurla Myrtille. IL ME TIENT PAR LE PIED !

M. et Mme Goodman se précipitèrent à son secours.

– ARRÊTE ÇA, **CRUC** ! s'écria Maurice.

– S'IL TE PLAÎT, **CRUC** ! JE T'EN SUPPLIE ! ajouta Maggie.

Mais avant qu'ils aient pu atteindre leur fille, le **CRUC** l'emporta en se mettant à rouler à une vitesse de tous les diables.

– À L'AIDE ! hurla la fillette.

Chaque fois que le **CRUC** faisait un tour, Myrtille en faisait un aussi.

– OUIN ! OUIN !

OUIN ! pleurait-elle chaque fois que le poids de l'énormantesque **CRUC** l'écrasait.

M. et Mme Goodman couraient derrière mais la créature roulait toujours plus vite.

WIZZZ !

Et les « OUIN ! OUIN ! OUIN ! » accéléraient aussi.

Le **CRUC** atteignit bientôt une telle allure que l'enfant et lui devinrent complètement flous.

FLOOOOOUUUUU !

– J'ai un point de côté ! gémit Maurice.

Maggie s'arrêta pour le réconforter.

– Mon pauvre !

Quelques secondes plus tard, le **CRUC** et Myrtille étaient déjà très loin. Et encore quelques secondes plus tard, ils avaient totalement disparu.

– OUIN ! OUIN ! OUIN ! OUIN ! OUIN !

fit l'écho dans le lointain, jusqu'à ce que l'on n'entende plus les pleurs du tout.

– GRRRRRRRRRRRR !

– Au revoir, ma douce parmi les douces ! lança Mme Goodman.

– Bon voyage, mon ange tombé du ciel ! lança M. Goodman.

Survint alors un son que M. et Mme Goodman n'avaient pas entendu depuis très, très longtemps. En tout cas, pas depuis la naissance de Myrtille.

Le son du silence.

Ils sourirent tous deux. Pour la première fois depuis des années, ils éprouvaient un sentiment de paix. Maurice prit la main de Maggie. Cette dernière regarda amoureusement son époux et celui-ci serra sa main plus fort. Sans se lâcher, ils retournèrent à pied vers les ruines de leur maison. Ils allaient enfin pouvoir rapporter **LE GRAND LIVRE DES MONSTRES** à la **BIBLIOTHÈQUE**. L'amende s'élevait maintenant à la somme astronomique de 20 pence.

Chapitre 37

LE SILENCE

Des mois s'écoulèrent sans le moindre signe de Myrtille. Personne ne l'avait vue nulle part, alors que M. et Mme Goodman avaient pourtant placé une affichette sur la vitrine de la **BIBLIOTHÈQUE**.

Bien sûr, ils avaient envie que leur fille leur revienne en bonne santé. Sans elle, la vie n'était plus pareille. Même si, maintenant, ils n'avaient plus à la porter comme un gros sac pesant jusqu'à l'école. Même si, maintenant, ils n'étaient plus obligés d'acheter une tonne de chocolat par semaine. Même si, maintenant, ils pouvaient lire leurs recueils de poésie préférés en paix. Même si, maintenant, ils étaient réveillés le matin par le chant des petits oiseaux plutôt que par des hurlements. Même si, maintenant, ils avaient le droit de regarder autre chose que des **DESSINS ANIMÉS** à la télévision.

ÉPILOGUE

Finalement, M. et Mme Goodman n'apprirent ce qu'il était advenu de leur fille que des années plus tard, alors qu'ils regardaient un documentaire animalier.

– Ici, dans **la plus profonde, la plus sombre et la plus junglesque de toutes les jungles**, commença à mi-voix un spécialiste en tenue de safari, nous découvrons toutes sortes de créatures que nous pensions éteintes depuis de nombreuses années.

– C'est là que j'ai trouvé le **CRUC** ! s'exclama Maurice, qui faillit en recracher son thé.

Son épouse et lui étaient assis dans la caravane qu'ils avaient installée exactement là où se trouvait jadis leur maison – qui n'était toujours, hélas, plus qu'un tas de gravats.

– Nous allons peut-être découvrir un indice qui nous permettrait de localiser notre petite beauté, répondit Maggie.

Ils se penchèrent tous deux en avant.

Sur l'écran, le spécialiste poursuivait son commentaire.

– Si reculée que nous ne savons même pas véritablement où nous sommes, cette zone de la planète abrite quantité d'animaux que nos ancêtres considéraient comme des monstres et dont on n'a uniquement entendu parlé dans un ouvrage ancien depuis longtemps disparu, **LE GRAND LIVRE DES MONSTRES**.

– C'est celui que nous avons trouvé dans la crypte de la **BIBLIOTHÈQUE** ! nota Maurice tout en trempant un ***biscuit à la crème au beurre*** dans son thé.

– Voyez un peu ces créatures, qui n'avaient encore jamais été filmées. Tenez, voici un **hippoproutame**.

Ici, un vol de **wong-wongs**.

Le reptile à deux têtes appelé **croco-croco**.

Et, en train de bourdonner juste au-dessus de ma tête, ce qui explique que le sol soit entièrement ombragé, voici un **héliphant**. Mais si étranges et magnifiques que vous puissiez les trouver, aucune n'arrive à la cheville du **CRUC**.

– Le voilà ! s'écria M. Goodman.

La boule de poils géante apparut en roulant sur l'écran. Le **CRUC** était encore plus gros qu'avant et faisait désormais la taille d'une planète*.

– Cet être colossal et entièrement rond n'a qu'un œil, ainsi qu'un orifice de chaque côté, bien que personne ne sache lequel est quoi. Y compris le **CRUC** lui-même. Il s'agit incontestablement de la plus curieuse créature de **la plus profonde, la plus sombre et la plus junglesque de toutes les jungles.**

– ÇA, C'EST SÛR! approuvèrent M. et Mme Goodman à l'unisson.

Le présentateur enchaîna.

– Eh bien, il existe aussi un animal qui n'est même pas répertorié dans **LE GRAND LIVRE DES MONSTRES.** Il s'agit de *cette* bête d'aspect très bizarre. Une créature

* *Une petite planète, certes, mais une planète tout de même.*

qui, d'après ce que nous savons, n'a encore jamais, jamais été vue par aucun humain…

M. et Mme Goodman se laissèrent glisser du canapé afin de s'approcher au plus près de l'écran. Ils y virent effectivement apparaître une créature d'aspect extrêmement curieux. Celle-ci était incroyablement grande et plate, comme si elle était passée sous un rouleau compresseur.

– Elle est pratiquement de forme humaine, poursuivit le spécialiste. Mais il ne s'agit pourtant pas d'un être humain. Couverte d'une croûte de boue, elle vit dans les marécages de **la plus profonde, la plus sombre et la plus junglesque de toutes les jungles**, où elle se nourrit d'asticots géants ou de verdairterres. Le seul son qu'elle produit est « ENCORE ! ».

– ENCORE ! fit aussitôt la créature.

M. et Mme Goodman connaissaient bien ce cri.

– MYRTILLE ! lancèrent-ils en même temps.

– Nous devrions peut-être essayer de la ramener ici, non ? demanda Maurice.

Maggie observa l'écran et regarda sa fille dévorer un énorme morceau d'asticot géant.

GRUMPF !

– J'ai l'impression qu'elle est assez heureuse, répondit-elle.

– Tu as raison, confirma son mari. Pourquoi l'empêcher de s'amuser, hein ?

À la télé, le commentaire continuait.

– D'après ce que nous avons observé au fil des mois que nous avons passés ici, cette créature est de loin la plus redoutée de toute **la plus profonde, la plus sombre et la plus junglesque de toutes les jungles.** Tous les autres animaux s'enfuient à son approche.

Conformément à ce que venait de dire le spécialiste, quand Myrtille émergea, de son pas pesant, d'entre les arbres…

BLAM!

BLAM! BLAM!

... l'**hippoproutame** ouvrit les gaz au maximum et disparut instantanément.

PFFFT!

L'héliphant se réfugia au sommet d'un arbre.

B O U M !

Et le **CRUC** se mit à rouler dans la direction opposée.

Cependant, le colossal animal ne fut pas assez rapide pour échapper aux longs bras de Myrtille. Et cette dernière l'agrippa.

– G R R R !

Elle le leva au-dessus de sa tête...

– G R R R !

... puis le lança tout droit sur le présentateur.

W I Z Z Z Z !

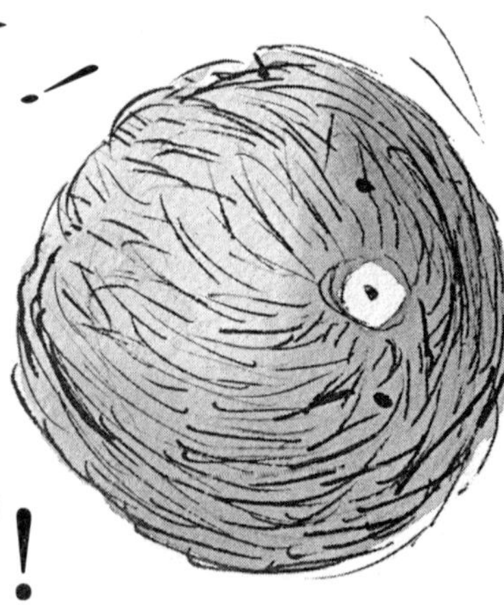

– GRRRRRRRRRRRRRR!

BOUFFF!

– ARGH ! hurla le spécialiste.

Puis l'écran grésilla et devint tout noir.

– Hou là là, fit Mme Goodman.

– Hou là là, en effet, fit M. Goodman.

Le lendemain matin, M. et Mme Goodman se réveillèrent avec l'impression d'avoir quelque chose à faire. Mais ils ne savaient pas exactement quoi. Quelque chose. Quand ils arrivèrent à la **BIBLIOTHÈQUE**, un peu avant l'ouverture, leur première action fut de descendre l'escalier menant à la sombre et lugubre crypte, là où se trouvait le vieil ouvrage relié de cuir qui était à l'origine de tout, **LE GRAND LIVRE DES MONSTRES**.

– As-tu un stylo, Papa ? demanda Maggie.

– Tiens, Maman, répondit Maurice en lui tendant son stylo-plume.

Le livre bondit sur la table et s'ouvrit tout seul.

FLOC !

Maggie trouva une page blanche et se mit à écrire.

Maintenant,

LE GRAND LIVRE DES MONSTRES

allait enfin être

complet.

La Rarissime Myrtille Sauvage :

Une créature étonnamment plate que l'on ne trouve que dans la plus profonde, la plus sombre et la plus junglesque de toutes les jungles. Vivant dans les marécages, elle passe ses journée à dévorer des asticots géants en criant « ENCORE ! » et terrorisant généralement tous les autres animaux. La rarissime Myrtille sauvage est une bête extrêmement dangereuse à n'approcher SOUS AUCUN PRÉTEXTE. Il s'agit d'un monstre absolu et c'est précisément pour cette raison qu'elle figure dans cet ouvrage.

– Excellent travail, Maman.

– Merci, Papa.

– Une tasse de thé et un biscuit ?

– À ***la crème au beurre*** ?

– Oh, oui. Ce sera avec plaisir pour moi aussi.

Comme vous avez pu le constater, l'enfant de M. et Mme Goodman était véritablement un monstre. Et, bien entendu, les monstres ne sont à leur place qu'en un seul et unique endroit, dans **la plus profonde, la plus sombre et la plus junglesque de toutes les jungles**. Alors, mes chers petits, faites en sorte d'être

BIEN SAGES, sinon

vous pourriez bien vous y retrouver vous aussi.

FIN

CUSTARD CREAM
CUSTARD CREAM

CUSTARD
CREAM

Du même auteur

Joe millionnaire
David Walliams
Illustré par Tony Ross

Monsieur Kipu
David Walliams
Illustré par Quentin Blake

Mamie gangster
David Walliams
Illustré par Tony Ross

Ratburger
David Walliams
Illustré par Tony Ross

Tatie pourrie
David Walliams
Illustré par Tony Ross

Diabolique Dentiste
David Walliams
Illustré par Tony Ross

Les Enfants les pires du monde
David Walliams
Illustré en couleurs par Tony Ross

Les Enfants les plus pires du monde
David Walliams
Illustré en couleurs par Tony Ross

Papi rebelle
David Walliams
Illustré par Tony Ross

Le Gang de minuit
David Walliams
Illustré par Tony Ross

Daddy Bandit
David Walliams
Illustré par Tony Ross

Le Monstre des glaces
David Walliams
Illustré par Tony Ross

Dans la même collection

La Malédiction
des cornichons
Siobhan Rowden
Illustré par Mark Beech

La Vengeance des betteraves
Siobhan Rowden
Illustré par Mark Beech

Le Fromage qui tue
Siobhan Rowden
Illustré par Alice
Morentorn

Stardust Académie
Siobhan Rowden
Illustré par Henri Fellner

Fintan Fedora, le pire
explorateur du monde
À la poursuite
du chocoprune
Clive Goddard
Illustré par Irène
Bonacina

Le pire explorateur
du monde
À la recherche
de la cité perdue
Clive Goddard
Illustré par Irène
Bonacina

Mon chat en vrac
Archie Kimpton
Illustré par Kate Hindley

Comment devenir intelligent en mangeant du porridge
Archie Kimpton
Illustré par Kate Hindley

Ma meilleure amie et autres ennemies
Catherine Wilkins
Illustré par Aurore Callias

Ma vie géniale et autres désastres
Catherine Wilkins
Illustré par Aurore Callias

Ma meilleure amie et autres punitions
Catherine Wilkins
Illustré par Aurore Callias

Ma meilleure amie et mes plus grands succès
Catherine Wilkins
Illustré par Aurore Callias

Menteur, menteur !
Morris Gleitzman
Illustré par Ronan Badel

La Folle Balade
de Fennymore Coupure
Kirsten Reinhardt
Illustré par David Roberts

Labell & Labett
Le Mystère des enfants
disparus
Justine Windsor
Illustré par Becka Moor

Labell & Labett
Le Mystère des pilleurs
de tombes
Justine Windsor
Illustré par Becka Moor

Madame Pamplemousse
et ses Fabuleux Délices
Rupert Kingfisher
Illustré par Sue Hellard

Madame Pamplemousse
et le Café à Remonter
le Temps
Rupert Kingfisher
Illustré par Sue Hellard

Madame Pamplemousse
et la Confiserie Enchantée
Rupert Kingfisher
Illustré par Sue Hellard

Au secours ! Je suis
un extraterrestre abandonné
Jo Franklin
Illustré par Henri Fellner

Voleur ou détective ?
Jo Franklin
Illustré par Henri Fellner

Comment transformer
son père en chien
Jozua Douglas
Illustré par Elly Hees

Composition Nord Compo
Impression Black Print en mars 2020
Imprimé en Espagne